EUGÈNE IONESCO

Three Plays

LA CANTATRICE CHAUVE

LA LEÇON

LES CHAISES

Edited with an Introduction and Notes

by H. F. BROOKES, B.A.

and C. E. FRAENKEL, DR. PHIL., L.ÈS.L

HEINEMANN EDUCATIONAL BOOKS

LONDON

Heinemann Educational Books Ltd
LONDON EDINBURGH MELBOURNE AUCKLAND TORONTO
HONG KONG SINGAPORE KUALA LUMPUR NEW DELHI
NAIROBI JOHANNESBURG LUSAKA IBADAN
KINGSTON

ISBN 0 435 37101 0

First published 1965
Reprinted 1966, 1967, 1970, 1971, 1974, 1976

Published by
Heinemann Educational Books Ltd
48 Charles Street, London W1X 8AH
Printed in Great Britain by
Butler & Tanner Ltd, Frome and London

Contents

Note

An asterisk in the margin indicates that the word or passage concerned is the subject of one of the notes at the back of the book (pp. 145 ff.).

Introduction

EUGÈNE IONESCO, like Samuel Beckett, is a writer with roots in two cultures. Beckett, the Irishman, and Ionesco, born in Rumania, both use French as their creative language. Ionesco's mother was French and shortly after his birth in 1912 his parents went to live in Paris, the city of his earliest memories. In an essay entitled 'Expérience du théâtre'[1] he writes, 'je me souviens encore que, dans mon enfance, ma mère ne pouvait m'arracher du guignol au jardin du Luxembourg. J'étais là, je pouvais rester là, envoûté, des journées entières. Je ne riais pas pourtant. Le spectacle du guignol me tenait là, comme stupéfait, par la vision de ces poupées qui parlaient, qui bougeaient, se matraquaient.' Later, he continues, 'jusqu'à quinze ans, n'importe quelle pièce me donnait le sentiment que le monde est insolite, sentiment aux racines si profondes, qu'il ne m'a jamais abandonné'. However revealing this statement may be when considering the drama the mature Ionesco was to write, his juvenilia were conventional. At thirteen years of age he wrote his 'première œuvre, qui n'avait rien d'insolite. C'était une pièce patriotique. L'extrême jeunesse excuse tout' (op. cit., p. 8).

In 1925 Ionesco returned with his family to Rumania. There he went to school and on to the university, finally becoming a teacher of French. In 1936 he married and two years later went back to France where he has been living ever since.

Ionesco did not maintain his early interest in the stage nor his attempt at writing plays. Indeed he appears to have become disillusioned with it and to have given up going to the theatre. The cinema appealed to him more. He writes of the reasons for his lack of enthusiasm at this time and of his attitude to plays and

[1] *Notes et Contre-notes*, Gallimard, 1962, pp. 7–8.

playwrights: 'Les textes me déplaisaient. Pas tous! Car je n'étais pas fermé à Sophocle ou à Eschyle, ni à Shakespeare, ni par la suite à certaines pièces de Kleist ou de Büchner' (op. cit., p. 7). But even as late as 1948 it seems that 'avant d'écrire ma première pièce: *La Cantatrice Chauve*, je ne voulais pas devenir un auteur dramatique'. In a frequently quoted passage he goes on to say: 'J'avais tout simplement l'ambition de connaître l'anglais. L'apprentissage de l'anglais ne mène pas nécessairement à la dramaturgie. Au contraire, c'est parce que je n'ai pas réussi à apprendre l'anglais que je suis devenu écrivain de théâtre' (op. cit., *La Cantatrice Chauve*, p. 155). It would seem appropriate that there should be an element of chance in Ionesco's emergence as a playwright, fitting for one who sets his mature plays in a world where anything may happen.

As a result, then, of trying to learn English and of being struck by the peculiar logic and unintended humour of the stilted language of textbooks, Ionesco came to write *La Cantatrice Chauve*. It was first performed in Paris in 1950 but it was not a success with the public. 'There was little money for publicity, so the actors turned themselves into sandwich men and paraded the streets with their boards for about an hour before the performance. But the theatre remained almost empty. More than once, when there were fewer than three people in the theatre, they were given their money back and the actors went home. After about six weeks they gave up.'[1]

It was not an auspicious beginning. Yet for Ionesco the experience of watching the reaction of an audience to words he himself had written was a revelation. He was amazed and fascinated by the way in which his intentions were misunderstood—for example, the audience laughed in the wrong places. He was stimulated by watching the actors trying to live the parts they had been assigned. He had for some time been appalled by the antics of actors trying to identify themselves with the characters they were playing. Now he felt he knew what he could do: he could

[1] M. Esslin, *The Theatre of the Absurd*, Eyre & Spottiswoode 1962.

bring shock tactics into the theatre. He would write plays which were so violent and so basic that there would be no question of politely copying everyday life. People were to be shocked into taking notice.

From now on Ionesco's plays began to erupt. In 1950 he wrote *La Leçon* and *Jacques ou la Soumission*, in 1951 *Les Chaises*. His works gradually began to conquer the stage. In 1959 he wrote his first full-length play *Rhinocéros*, followed by *Le Roi se meurt* and *Le Piéton de l'Air* in 1963. His latest play, *La Soif et la Faim*, had its first performance in translation in Düsseldorf in December 1964.

Ionesco soon began to analyse his method of writing for the theatre, though he would probably protest against any suggestion that he had 'une théorie préconçue de l'art dramatique. Cela n'a pas précédé, mais a suivi mon expérience toute personnelle du théâtre. Ces quelques idées sont issues de ma réflexion sur mes propres créations, bonnes ou mauvaises. Elles sont venues après coup. Je n'ai pas d'idées avant d'écrire une pièce.'[1]

The picture therefore emerges of a writer whose pen ran away with him, of a play which just 'happened'. Several anecdotes are related of the playwright altering his play to meet the criticisms or suggestions of the actors during rehearsal. Yet this neither means that his work is superficial nor that it has not deep roots in our own time.

Ionesco was flexible but in revolt against the cosy drawing-room comedies of the conventional theatre. It is scarcely surprising, considering the times through which he has lived. His work springs from a period overshadowed by Fascism, revolution, violence, war and the hydrogen bomb. Such a period sharpens the concern of thinking people with the problems of existence, with 'la condition humaine'. Each generation struggles with such questions as 'What is man's place in the universe?', 'Does God exist?', 'What is the nature of reality?' The way in which the questions are answered and the emphasis placed on

[1] *Notes et Contre-notes*, 'Expérience du théâtre', p. 20.

them reveal fundamental differences of experience and of attitude. In seventeenth-century France, for example, in troubled but not such menacing times as our own, Descartes summed up his answer to the inquiry into ultimate reality in his famous phrase: 'Cogito ergo sum'. He had to establish a philosophical basis for his own existence and that of the world perceived by him, before he could go on to further investigation. Having once established his own reality, however, the problem of existence no longer disturbed him. The age in which he lived had scarcely yet begun to be shaken by doubt. The universe was still generally accepted as being governed by reason, by the laws of cause and effect and ultimately by a transcendent God. The history of the gradual break-up of this assured world must be read elsewhere.[1] The change in attitude of man to the universe is chiefly ascribed to the growth of science. Science, pure and applied, has achieved much that man is justifiably proud of; but it has also made him aware of his insignificance, of the unpredictability of events in a world where anything may happen. The laws of cause and effect no longer have universal applicability even in science. And many people find that the concept of a God has lost its meaning.

As a result many feel that life itself is meaningless, that they are overcome by anguish (*Angst, angoisse*) and tortured by anxiety, equally whether facing the prospect of living or dying. Because living and dying are meaningless, life is 'absurd'. Descartes's answer to the question: 'What is ultimate reality?' can no longer be accepted because the instrument of reason is no longer given priority in philosophy. Being is the sole ultimate reality for many today, or, as the Danish nineteenth-century philosopher Kierkegaard put it, 'l'esprit connaissant est un esprit existant'. Because the problem of existence predominates over all other

[1] The effect on literature has been analysed in *The Disinherited Mind—essays in modern German literature and thought* by Erich Heller (1952) and by Stephen Spender in *The Destructive Element: a study of modern writers and beliefs* (1935) and *The Creative Element—a study of Vision, Despair and Orthodoxy among some modern writers* (1953).

philosophical problems, a philosophy called 'existentialism' has emerged. Whether or not a writer explicitly accepts existentialist philosophy he cannot in modern times fail to be influenced by it. He may even be opposed to it but he has to take note of it.

In England two kinds of plays have resulted from the prevailing anxiety and the sense of the absurdity of existence; the one is a theatre of rebellion represented by John Osborne and Arnold Wesker. It may have shocked some audiences but it has not evolved a new form and it publicizes the problems of the underprivileged in much the same way as Ibsen did those of the middle classes at the end of the nineteenth century. The other kind of modern English play is represented by the work of Harold Pinter and N. F. Simpson, in which either language or human behaviour or inanimate stage objects are given a twist which undermines their accepted status. Plays such as *The Caretaker* and *One Way Pendulum* have an affinity with Beckett's and Ionesco's writing but on the whole there is not much evidence that a modern dramatic idiom has been created in the English language.

In France Ionesco's contemporaries, Samuel Beckett, Jean-Paul Sartre and Albert Camus, have all in their different ways questioned the meaning and reality of existence. Ionesco's way is to develop the theatre of the absurd in which anything may happen and where accepted rules, even of language, break down. In music, painting and sculpture in general the case is different. New forms have emerged from the break up of the old cultural world. Atonal music no longer sounds strange and non-representational painting is accepted. Painters like Picasso, Braque and Modigliani, whose apparently distorted images for many years gave rise to insulting and contemptuous criticism, now provide the status symbols of the rich. Indeed, the new idiom has already come dangerously close to being a conventional style itself. Some modern painting and sculpture may not stand the test of time. It may be merely fashionable, but even fashion is relevant to the time in which we live.

So, too, with the three plays of Ionesco published in this volume. They, too, may not stand the test. However, they appeal to audiences today, especially to intelligent audiences ready to put away preconceived ideas in the theatre and to suspend disbelief about what is taking place on the stage. Ionesco's plays are an exciting experience; they generate great speed, the tension mounts as though a clock were being wound up and the audience were waiting for the spring to snap. As the action on the stage develops in crazy directions, like a Marx Brothers film, the audience becomes aware of various primitive urges being given free rein. There is a certain relief to be had from watching such basic creatures on the stage. Ionesco indicated in the sub-titles of his plays that the audience was going to be faced with something unusual: *La Cantatrice Chauve—Anti-Pièce*, *La Leçon—Drame Comique*, *Les Chaises—Farce Tragique*. But it is not a new device to mix comic and tragic elements. Victor Hugo used it and Molière's greatest comedies have undertones of tragedy. Ionesco dispenses with characterization, plot, suspense but there is nothing new in this. Brecht had already dispensed with a conventional structure in his 'epic theatre' in the 1930's and 1940's.

There is, however, a new element in Ionesco's antitheatre. It is arbitrariness. 'Dans l'absurde,' Richard N. Coe writes, 'l'action est une suite irrationnelle de faits qui ont commencé d'une manière arbitraire, se termineront d'une manière aussi arbitraire, dans un enchaînement hasardeux qui ne progresse dans aucune direction précise.' He continues, quoting Ionesco himself: 'un enchaînement qui n'en est pas un, un enchaînement accidentel d'effets sans causes et de causes sans effets, la succession purement fortuite d'événements inexplicables ou d'états effectifs'.[1] Ionesco takes a more extreme position than any of his contemporaries in his opposition to traditional drama. For Ionesco, Brecht with his belief in rational man is in the bourgeois tradition: Brecht's work and theories are anathema to him. It would be interesting to know what Brecht's reaction to Ionesco's plays might have been:

[1] Richard N. Coe in *Cahiers Renaud-Barrault*, No. 42, p. 34.

might he not have found them equally in the bourgeois tradition? Anarchic, irrational, emotional and lacking in social purpose?

It has been said that despite the opposition between their conceptions of the drama the two writers both achieve the same effect, the alienation effect. Brecht intended that his audiences should remain personally uninvolved in the action on the stage because he believed that they would then be able 'coldly' to think and criticize. However, the greater his plays, the more involved the audience becomes. The artist triumphs over the theoretician. Ionesco, without explicitly trying to 'distance' the audience from the spectacle, actually achieves the alienation effect. The audience does not become involved but is disturbed and shocked. Yet in spite of being shaken and protesting, it is fascinated; the method succeeds in holding attention. The shocks are administered by the dramatic structure and the revolutionary use of language.

When Ionesco's shorter plays—and the present collection falls within this category—are considered, the first impression of their structure is one of rhythmic movement. Activity alternates with moments of calm, rapid dialogue with silence, bustling stage business with a slowing down of action. Little by little increasing agitation culminates in noise, frenzy and then a sudden silence or a recapitulation after a pause. Ionesco compares the movement of his plays to Feydeau's comedies in which there is 'une sorte d'accélération du mouvement, une progression, une sorte de folie'.[1] A comparison with jazz and modern 'pop' music springs to mind, where the intensification of the beat heightens the emotions and builds up tension.

The rhythmic pattern can be traced in each of the three plays. *La Cantatrice Chauve* begins with Mrs Smith's long slow monologue, followed by a short conversation, still on a relatively calm note, about the qualities and duties of the doctor. Soon the conversation dries up. Then Mrs Smith begins a new topic which leads to an angry exchange of words, yet ends in a kiss and the

[1] *L'Express*, Entretien, 28 janvier 1960, pp. 36–7.

resolve to go off to bed. At this juncture the maid suddenly appears; employers and maid hold a flat conversation in which no one seems concerned with the statements of the others. Next comes the long recognition scene between Mr and Mrs Martin, the guests. When the Smiths and the Martins meet their conversation is like the ebb and flow of the tide; after a slow start it soon leads to an argument, to tension and then to a pause. Tension is renewed during the following argument concerning the presence—or non-presence—of a person at the door when the bell rings. The maid's excited state in Scene IX culminates in the recitation of the poem which ends 'tout prit feu, Prit feu, prit feu'; but Scene X begins with 'Ça m'a donné froid dans le dos...'—the temperature is literally reduced. In the same scene the fireman takes his leave, asking the question, 'A propos, et la cantatrice chauve?' (incidentally the sole reference to the title of the 'anti-pièce'). His question is received with 'silence général, gêne'. The flowing tide has slackened again, only to flow more and more strongly towards the frenzy of the end of the play. Suddenly the stage is plunged into darkness and silence. Then the lights go up again and the play recommences with the rôles of the two couples reversed. Ionesco sometimes appears to have more affinity with the cinema than with the theatre. Here the impression given is 'this is where we came in'. The play might have been re-wound and started again.

There is a more constant build-up of agitation and frenzy in *La Leçon*, 'une sorte de densification des états d'âme, . . . une exaltation progressive' (op. cit., p. 36). A musical analogy[1] may

[1] Compare François Billetdoux, 'Poétique du Décor (Notes pour René Allio)', *Cahiers Renaud-Barrault*, No. 46, Oct. 1964, pp. 21–32; Billetdoux, addressing the stage designer for his play *Il faut passer par les Nuages*, speaks of

'Premier Mouvement — Ouverture allegretto ma non troppo
Deuxième Mouvement — Andantino
Troisième Mouvement — Allegro pathétique
Quatrième Mouvement — Molto vivace
Cinquième Mouvement — Aubade.'

help to indicate the structure of this play. It begins with a movement in a gay major key but is interrupted by the two entries and the warnings of the maid. After the second warning the pupil is still gay and enthusiastic; she claps her hands excitedly only to be vehemently rebuked by the master: 'Silence, que veut dire cela? . . . Silence!' Then he begins his long tirade, gaining momentum. The movement gathers speed. Each interjection by the pupil of her plea, 'J'ai mal aux dents', seems to spur the master on. Eventually a staccato rhythm is set up by the master alternating 'Continuons' with the pupil's complaint 'J'ai mal aux dents' until it no longer matters what words are said by whom—the pupil's 'j'ai mal' is capped by the master saying 'aux dents' and the pupil takes over the beat with 'Continuons'. At the end of the play it is the word 'couteau' which is shouted by both characters until the final blow is struck. Then a new movement begins, played by the master and the maid, leading back to the recapitulation of the first movement in the original major key —the audience is thus prepared for the whole business to begin again.

It is interesting to note that *La Leçon* has been successfully made into a ballet, which perhaps supports the idea of the paramountcy of changing rhythm in Ionesco's play. The dance appears to emphasize the well-defined movements of *La Leçon* and to demonstrate the dramatic structure inherent in the episodes of mounting tension.

Les Chaises might perhaps be described as a theme with variations mostly in a minor key. Pauses succeed sudden flickers of real life as in the two flirtation episodes. Then the arrival of invisible visitors builds up to a crescendo which heralds the two important entries, first, that of the emperor and, second, that of the orator. Everything turns into movement; the two old people almost merge into one person as the old woman repeats only part of her husband's words, like an accompanying instrument. Finally, the crescendo of frantic animation builds up again until the play suddenly reaches the climax—or anticlimax—of the mute orator, and the action gradually fade away.

The impression of rhythm and movement which Ionesco's plays give is heightened by physical effects on the stage. They punctuate the linguistic happenings and underline the unexpected and the absurd. Clocks suddenly strike loudly, their hands whizz round at high speed or move in an anti-clockwise direction. Bells ring. Fanfares of trumpets are heard. Lights glow and dim. Before the arrival of the emperor in *Les Chaises* the stage directions say: 'Les bruits grandissent, puis la porte du fond s'ouvre toute grande, à grand fracas. . . .' 'Lumière maximum d'intensité . . ., des bruits encore qui cesseront brusquement.'

Although the audience in the theatre alone is subjected to the shock delivered by physical stimuli, both audience and reader alike will suffer shock from Ionesco's use of language. The shock is not of the kind which comes from the naturalistic use of vulgar language. It comes from the way in which language disintegrates as an Ionesco play proceeds. His method of using language has been said to lead to its degradation. It is certainly not made to serve the conventional purpose of imparting information in well-defined segments from person to person on the stage or in the audience. If it is at all a means of formally communicating information, it communicates only in platitudes. They are used very often at the beginning of a play or a scene to establish the characters in terms of the normal real world. Yet the mark of a platitude is that it says nothing: 'La banalité même est le symptôme de la non-communication.'[1] Platitudinous conversation soon tends to disintegrate into language resembling the babbling of a child—hence the suggestion that Ionesco may have been influenced by Dadaism in painting. The language runs free without the restraint of formal logic. It is carried along by the association of sounds, words or phrases. It is linked by alliteration which makes the listener or reader laugh but also makes him dissociate himself from the characters in the play. The ele-

[1] *L'Express*, Entretien, 28 janvier 1960.

ment of nonsense and fun attached to word games makes the reading of Ionesco's plays a very enjoyable experience for people of remarkably diverse intellectual and linguistic attainments, especially if the plays are read aloud. There are innumerable examples of the association of words in lists of nouns. Just as one thinks that language is being treated logically and with proper respect, an irrational associative bomb bursts—at the beginning of *La Cantatrice Chauve*, for instance, 'Le yaourt est excellent pour l'estomac, les reins, l'appendicite et l'apothéose.' In *Les Chaises*, when the old woman questions her husband about the guests invited to hear his message, she asks: 'Les gardiens? les évêques? les chimistes? les chaudronniers? les violinistes? les délégués? les présidents? les policiers? les marchands? les bâtiments? (a warning note here—reality is slipping) les porte-plumes? les chromosomes?' A few lines later alliteration takes over: 'Le pape, les papillons et les papiers?'

Words are not only used in the wrong context, some do not even exist. And at the end of *La Cantatrice Chauve* the language is literally broken up into meaningless sounds. In *Les Chaises* when he plays with the sound 'ri', Ionesco picks it out as part of the verb 'ar*ri*ver', a form of the verb 'rire' ('on a *ri*') and a noun, 'une malle pleine de *riz*'; then he stirs up together the various words with 'ri'—'on a ri. . . . Ah! . . . ri . . . arri . . . au riz arriva.' Another linguistic device which Ionesco uses is to associate semantically ambiguous terms, as he does, for example, in *La Leçon* (p. 82). 'Racines' is used in its philological and mathematical senses. The pupils confuses the two and asks: 'Les racines des mots sont-elles carrées?' She may also have been associating 'carrées' with 'dents carrées' since her own teeth were aching. The master replies: 'Carrées ou cubiques. C'est selon.' At other times Ionesco plays with language by extending an idiomatic expression beyond its ordinary usage; 'claquer des dents' becomes 'claquer des oreilles'.

Word games are devices used by writers in other literary forms. The nonsense rhymes of Edward Lear and Lewis Carroll's prose and verse in *Alice in Wonderland* and *Through the Looking Glass* can be cited. James Joyce invented his own highly associative and ambiguous vocabulary out of the bits and pieces of many languages. Flaubert was interested in observing the use of clichés and platitudes. More recently Daninos, hoping to become the twentieth-century 'exécuteur testamentaire de Flaubert', made fun of them in *Le Jacassin*.[1] But when Ionesco breaks up language there is often a serious undertone. The audience or reader laughs, but uneasily, experiencing a strange sensation as though the familiar ground was slipping from underneath his feet. Anything seems possible in Ionesco's world. Not only is the language meaningless but factual statements juxtaposed actually contradict each other. In *La Cantatrice Chauve*, for example, there is a long conversation about Bobby Watson which is self-contradictory and makes no sense at all. In the 1920's and 1930's the surrealists amused themselves by playing 'Consequences'. The dialogue of *La Cantatrice Chauve* in particular often recalls the results of this parlour-game with words. At times Ionesco likes to interpolate a nonsense proverb of the kind which the surrealists used to enjoy making up and sending each other: 'Celui qui vend aujourd'hui un bœuf demain aura un œuf' (p. 53).

If the dialogue in these three plays displays a lack of logic, there are some plays by Ionesco in which the very action shocks the reader or spectator by its irrationality. Mushrooms spring up in the living-room, a corpse continues to grow so that it invades a whole apartment, human beings have two or three noses or are changed into rhinoceroses. Ionesco's world is absurd, as absurd as Kafka's in which equally impossible transformations take place, in which a monkey turns into a human being or a commercial traveller wakes up as a horrible beetle. But the two writers do not produce the same reaction to the absurd. In Kafka's stories the absurd is a possibility, even a grim probability, to be endured. Ionesco may find the world a frightening place, full of

[1] Daninos, *Le Jacassin, Nouveau traité des idées reçues, folies bourgeoises et automatismes*, Hachette 1962.

people and things which threaten to oppress him, but on the stage his plays are more like puppet-shows, more like his first love, the Punch and Judy show. With Ionesco the absurd can be laughed at because the spectator thinks it could not possibly happen like that in real life.

Ionesco is much occupied with the problem of proliferation. The accumulated weight of the external world seems to press upon the inner man. Ionesco tries to project his anguish, the feelings of anxiety, on to the objects on the stage. He suggests that it is good to 'matérialiser des angoisses, des présences intérieures. Il est donc non seulement permis, mais recommandé de faire jouer les accessoires, faire vivre les objets, animer les décors, concrétiser les symboles.'[1] A good example of the projection is to be found in *Le Nouveau Locataire*. The tenant himself directs the moving of his furniture into an empty room. More and more is brought in, the pieces are bigger and bigger. In the end they appear to arrive more or less under their own power until the tenant is entirely walled in by his furniture and has disappeared from view. In the play *Amédée* a dead body grows until it drives husband and wife out of their room. In *Les Chaises* the ever-increasing number of chairs prevents the old couple from moving from their respective positions beside a window. People, things and words all seem to share the frightening tendency to proliferate. In *La Cantatrice Chauve*, for example, the Bobby Watsons are soon out of control and proliferate as do the characters in the story called 'Le Rhume'. The very words tend to multiply, so do whole groups of sentences; the language gets out of hand as the tension mounts towards the end of the play.

Ionesco's contemporaries, Butor, Nathalie Sarraute and Robbe-Grillet, the writers of *Le Nouveau Roman*, similarly lay stress upon the importance of 'les choses' in their novels. In his 'Discours sur l'avant-garde'[2] Ionesco acknowledges their part in the renewal of literature. But for these novelists things represent the

[1] *Notes et Contre-notes*, 'Expérience du théâtre', p. 16.
[2] *Notes et Contre-notes*, 'Discours sur l'avant-garde', p. 36.

surface of life and the surface is more important than 'l'intériorité'. Therefore inanimate objects, space, the movement of things and people in space, are described in their novels in minute detail but in a completely detached way. Unlike the harassed characters in Ionesco's plays who are fully aware of the growing menace of 'les choses', the characters in *Le Nouveau Roman* are depicted as experiencing no reaction to the universe around them. Robbe-Grillet, writing in *Une Voie pour le roman futur,*[1] says: 'Le monde n'est ni signifiant ni absurde. Il est, tout simplement. C'est là, en tout cas, ce qu'il y a de plus remarquable.' The aim of this group of novelists (who were all born after World War I) is to describe a solid world by using 'l'adjectif optique, descriptif, celui qui se contente de mesurer, de situer, d'élimiter, de définir' (op. cit., p. 84). This is a far cry from Ionesco's grotesque world.

Nevertheless it is Ionesco's absurd world with its apparently haphazard, arbitrary happenings which reveals more about human experience and fundamental human relationships than the detailed realism of *Le Nouveau Roman*. In *La Leçon* the relationship between master and pupil is obvious; the master becomes progressively more domineering until the outcome is physical violence. It has been argued, however, that the play demonstrates not only any teaching situation, but also the relationship of any ruler to the governed, and even of the male to the female in the so-called battle of the sexes. In *Les Chaises* the relationship of the old couple is sometimes simply indicated by action. For example, the old man sits on his wife's lap, like a child. In *La Cantatrice Chauve* the lack of contact between married couples is demonstrated. The theme of non-communication between people who would ordinarily be thought to be in close contact is a favourite with Ionesco. But it would be wise not to read too much into such situations. The recognition scene between Mr and Mrs Martin in *La Cantatrice Chauve* was inspired by a chance meeting between Ionesco and his wife in the Paris Métro. They happened to enter the carriage by different doors and then enacted a long

[1] *Nouvelle NRF,* juillet 1956.

charade similar to the scene in the play. Charade or no, we are entitled to make whatever interpretations we like and to enjoy the fun. After the fireman has told a fable in *La Cantatrice Chauve*, Mrs Martin asked him: 'Quelle est la morale?' and he replies: 'C'est à vous de la trouver.'[1]

Another of the themes underlying Ionesco's plays is violence and the fear of any form of dictatorship. It has already been suggested that in *La Leçon* the master has certain features of a dictator. To be specific, at the end of the play he says: 'On risque de se faire pincer . . . avec quarante cercueuils', wondering momentarily whether his forty murders may be noticed by the public. But the maid quickly reassures him: 'On dira qu'ils sont vides. D'ailleurs, les gens ne demanderont rien, ils sont habitués.' She thereupon gives him a Nazi arm-band to put on. His anxiety is removed and he thanks her: 'Vous êtes une bonne fille, Marie . . . bien dévouée.' Ionesco lived through the Hitler régime in France and it is understandable that his plays should at times reflect a preoccupation with violence. He is concerned with the ordinary man who attempts to do what is right in the face of overwhelming oppression. The plays of Ionesco's middle period, *Victimes du Devoir*, *Tueur sans Gages*, *Rhinocéros*, show in the first case the unsuccessful attempt of individuals to resist systematic brainwashing; in the second, the attempt to induce a murderer to give some kind of explanation for his motiveless action ('acte gratuit') in committing a murder; and in the third, the lonely fight put up by one man against the power of mass persuasion, against power itself. 'Penser contre son temps c'est de l'héroisme. Mais le dire, c'est de la folie,' says Edouard in *Tueur sans Gages*.[2] Ionesco's characters are non-heroes, trapped in the human situation.

The world as Ionesco presents it would seem to be grim if it were not for the fact that he makes us laugh at it. Laughter

[1] This quotation also appears on the title page of Martin Esslin's book, *The Theatre of the Absurd*.

[2] *Théâtre II*, Eugène Ionesco, Gallimard, p. 145

helps both the audience and the playwright. 'Si, comme je l'espère, je réussis dans l'angoisse et malgré l'angoisse à introduire l'humour— . . . l'humour est ma décharge, ma libération, mon salut',[1] Ionesco speaks of 'l'humour' in 'Expérience du théâtre'[2] as 'aller au fond dans le grotesque, la caricature . . . la farce. Humour, oui, mais avec les moyens du burlesque. Un comique dur, sans finesse, excessif . . . souligne par la farce le sens tragique d'une pièce.' We may laugh until we cry but at a deeper level of understanding there is a feeling of anxiety hidden by the laughter; thus we are made aware of the absurdity of our existence.

Ionesco's contention is that serious people are often superficial. His approach to life has something in common with that of the circus clown, the man who makes the audience rock with laughter, while he himself may be very sad at heart. At a time when he could find no satisfaction in going to the theatre, Ionesco enjoyed the cinema: it is not difficult to find echoes of the clowning in the zany Marx Brothers films in his plays. The stage direction on page 101 of *Les Chaises* reads: 'Il se gratte la tête, comme Stan Laurel', being a reference to the film comedian of the team Laurel and Hardy. The early Charlie Chaplin films may also have contributed with their absurd situations and the struggle of the little man against great forces. But in Ionesco's writing there is none of Chaplin's sentimentality and happy endings. 'You must arrive at a point where you can laugh at anything . . . you must see things as they are and yet be detached from them. Humour helps you to achieve that detachment.'[3]

It is difficult to judge whether a contemporary work will have lasting value. Ionesco has himself often discussed his methods and intentions in interviews and articles but he does not necessarily make claims for his work as literature. At least in his early plays, from which this selection is made, he had no literary pretensions.

[1] *Notes et Contre-notes*, 'Témoignages', p. 142.

[2] Op. cit., p. 13.

[3] 'Eugène Ionesco on the theatre'—an interview by Carl Wildman, *The Listener*, Vol. LXXII, No. 1865, p. 1002.

They succeed by their lightness of touch and sparkle which is diminished in his later ones. But Ionesco is still writing. His creativity offers hope for developments in the future.

H. F. B.
C. E. F.

La Cantatrice Chauve

ANTI-PIÈCE

PERSONNAGES

MONSIEUR SMITH
MADAME SMITH
MONSIEUR MARTIN
MADAME MARTIN
MARY, *la bonne*
LE CAPITAINE DES POMPIERS

SCÈNE I

Intérieur bourgeois anglais, avec des fauteuils anglais. Soirée anglaise. M. Smith, Anglais, dans son fauteuil et ses pantoufles anglais, fume sa pipe anglaise et lit un journal anglais, près d'un feu anglais. Il a des lunettes anglaises, une petite moustache grise, anglaise. A côté de lui, dans un autre fauteuil anglais, Mme Smith, Anglaise, raccommode des chaussettes anglaises. Un long moment de silence anglais. La pendule anglaise frappe dix-sept coups anglais.

MME SMITH: Tiens, il est neuf heures. Nous avons mangé de la soupe, du poisson, des pommes de terre au lard, de la salade anglaise. Les enfants ont bu de l'eau anglaise. Nous avons bien mangé, ce soir. C'est parce que nous habitons dans les environs de Londres et que notre nom est Smith.

M. SMITH, *continuant sa lecture, fait claquer sa langue.*

MME SMITH: Les pommes de terre sont très bonnes avec le lard, l'huile de la salade n'était pas rance. L'huile de l'épicier du coin est de bien meilleure qualité que l'huile de l'épicier d'en face, elle est même meilleure que l'huile de l'épicier du bas de la côte. Mais je ne veux pas dire que leur huile à eux soit mauvaise.

M. SMITH, *continuant sa lecture, fait claquer sa langue.*

MME SMITH: Pourtant, c'est toujours l'huile de l'épicier du coin qui est la meilleure...

M. SMITH, *continuant sa lecture, fait claquer sa langue.*

MME SMITH: Mary a bien cuit les pommes de terre, cette fois-ci. La dernière fois elle ne les avait pas bien fait cuire. Je ne les aime que lorsqu'elles sont bien cuites.

M. SMITH, *continnant sa lecture, fait claquer sa langue.*

MME SMITH: Le poisson était frais. Je m'en suis léché les babines. J'en ai pris deux fois. Non, trois fois. Ça me fait aller aux cabinets. Toi aussi tu en as pris trois fois. Cependant la troisième fois, tu en as pris moins que les deux premières fois, tandis que moi j'en ai pris beaucoup plus. J'ai mieux mangé que toi, ce soir. Comment ça se fait? D'habitude, c'est toi qui mange le plus. Ce n'est pas l'appétit qui te manque.

M. SMITH *fait claquer sa langue.*

MME SMITH: Cependant, la soupe était peut-être un peu trop salée. Elle avait plus de sel que toi. Ah, ah, ah. Elle avait aussi trop de poireaux et pas assez d'oignons. Je regrette de ne pas avoir conseillé à Mary d'y ajouter un peu d'anis étoilé. La prochaine fois, je saurai m'y prendre.

M. SMITH, *continuant sa lecture, fait claquer sa langue.*

MME SMITH: Notre petit garçon aurait bien voulu boire de la bière, il aimera s'en mettre plein la lampe, il te ressemble. Tu as vu à table, comme il visait la bouteille? Mais moi, j'ai versé dans son verre de l'eau de la carafe. Il avait soif et il l'a bue. Hélène me ressemble; elle est bonne ménagère, économe, joue du piano. Elle ne demande jamais à boire de la bière anglaise. C'est comme notre petite fille qui ne boit que du lait et ne mange que de la bouillie. Ça se voit qu'elle n'a que deux ans. Elle s'appelle Peggy.

La tarte aux coings et aux haricots a été formidable. On aurait bien fait peut-être de prendre, au dessert, un petit verre de vin de Bourgogne australien mais je n'ai pas apporté le vin à table afin de ne pas donner aux enfants une mauvaise preuve de gourmandise. Il faut leur apprendre à être sobre et mesuré dans la vie.

M. SMITH, *continuant sa lecture, fait claquer sa langue.*

MME SMITH: Mrs Parker connait un épicier roumain, nommé Popesco Rosenfeld, qui vient d'arriver de Constantinople. C'est un grand spécialiste en yaourt. Il est diplômé de l'école des fabricants de yaourt d'Andrinople. J'irai demain lui acheter une grande marmite de yaourt roumain folklorique. On n'a pas souvent des choses pareilles ici, dans les environs de Londres.

M. SMITH, *continuant sa lecture, fait claquer sa langue.*

MME SMITH: Le yaourt est excellent pour l'estomac, les reins, l'appendicite et l'apothéose. C'est ce que m'a dit le docteur Mackenzie-King qui soigne les enfants de nos voisins, les Johns. C'est un bon médecin. On peut avoir confiance en lui. Il ne recommande jamais d'autres médicaments que ceux dont il a fait l'expérience sur lui-même. Avant de faire opérer Parker, c'est lui d'abord qui s'est fait opérer du foie, sans être aucunement malade. *

M. SMITH: Mais alors comment se fait-il que le docteur s'en soit tiré et que Parker en soit mort?

MME SMITH: Parce que l'opération a réussi chez le docteur et n'a pas réussi chez Parker.

M. SMITH: Alors Mackenzie n'est pas un bon docteur. L'opération aurait dû réussir chez tous les deux ou alors tous les deux auraient dû succomber.

MME SMITH: Pourquoi?

M. SMITH: Un médecin consciencieux doit mourir avec le malade s'ils ne peuvent pas guérir ensemble. Le commandant d'un bateau périt avec le bateau, dans les vagues. Il ne lui survit pas.

MME SMITH: On ne peut comparer un malade à un bateau.

M. SMITH: Pourquoi pas? Le bateau a aussi ses maladies; d'ailleurs ton docteur est aussi sain qu'un vaisseau; voilà pourquoi encore il devait périr en même temps que le malade comme le docteur et son bateau.

MME SMITH: Ah! Je n'y avais pas pensé... C'est peut-être juste... et alors, quelle conclusion en tires-tu?

M. SMITH: C'est que tous les docteurs ne sont que des charlatans. Et tous les malades aussi. Seule la marine est honnête en Angleterre.

MME SMITH: Mais pas les marins.

M. SMITH: Naturellement.

Pause.

M. SMITH (*toujours avec son journal*): Il y a une chose que je ne comprends pas. Pourquoi à la rubrique de l'état civil, dans le journal, donne-t-on toujours l'âge des personnes décédées et jamais celui des nouveau-nés? C'est un non-sens.

MME SMITH: Je ne me le suis jamais demandé!

* *Un autre moment de silence. La pendule sonne sept fois. Silence. La pendule sonne trois fois. Silence. La pendule ne sonne aucune fois.*

M. SMITH (*toujours dans son journal*): Tiens, c'est écrit que Bobby Watson est mort.

MME SMITH: Mon Dieu, le pauvre, quand est-ce qu'il est mort?

M. SMITH: Pourquoi prends-tu cet air étonné? Tu le savais bien. Il est mort il y a deux ans. Tu te rappelles, on a été à son enterrement, il y a un an et demi.

MME SMITH: Bien sûr que je me rappelle. Je me suis rappelé tout de suite, mais je ne comprends pas pourquoi toi-même tu as été si étonné de voir ça sur le journal.

M. SMITH: Ça n'y était pas sur le journal. Il y a déjà trois ans qu'on a parlé de son décès. Je m'en suis souvenu par associations d'idées!

MME SMITH: Dommage! Il était si bien conservé.

M. SMITH: C'était le plus joli cadavre de Grande-Bretagne! Il ne paraissait pas son âge. Pauvre Bobby, il y avait quatre ans qu'il était mort et il était encore chaud. Un véritable cadavre vivant. Et comme il était gai!

MME SMITH: La pauvre Bobby.

M. SMITH: Tu veux dire «le» pauvre Bobby.

MME SMITH: Non, c'est à sa femme que je pense. Elle s'appelait comme lui, Bobby, Bobby Watson. Comme ils avaient le même nom, on ne pouvait pas les distinguer l'un de l'autre quand on les voyait ensemble. Ce n'est qu'après sa mort à lui, qu'on a pu vraiment savoir qui était l'un et qui était l'autre. Pourtant, aujourd'hui encore, il y a des gens qui la confondent avec le mort et lui présentent des condoléances. Tu la connais?

M. SMITH: Je ne l'ai vue qu'une fois, par hasard, à l'enterrement de Bobby.

MME SMITH: Je ne l'ai jamais vue. Est-ce qu'elle est belle?

M. SMITH: Elle a des traits réguliers et pourtant on ne peut pas dire qu'elle est belle. Elle est trop grande et trop forte. Ses traits ne sont pas réguliers et pourtant on peut dire qu'elle est très belle. Elle est un peu trop petite et trop maigre. Elle est professeur de chant.

La pendule sonne cinq fois. Un long temps.

MME SMITH: Et quand pensent-ils se marier, tous les deux?

M. SMITH: Le printemps prochain, au plus tard.

MME SMITH: Il faudra sans doute aller à leur mariage.

M. SMITH: Il faudra leur faire un cadeau de noces. Je me demande lequel?

MME SMITH: Pourquoi ne leur offririons-nous pas un des sept plateaux d'argent dont on nous a fait don à notre mariage à nous et qui ne nous ont jamais servi à rien?

MME SMITH: C'est triste pour elle d'être demeurée veuve si jeune.

M. SMITH: Heureusement qu'ils n'ont pas eu d'enfants.

MME SMITH: Il ne leur manquait plus que cela! Des enfants! Pauvre femme, qu'est-ce qu'elle en aurait fait!

M. SMITH: Elle est encore jeune. Elle peut très bien se remarier. Le deuil lui va si bien!

MME SMITH: Mais qui prendra soin des enfants? Tu sais bien qu'ils ont un garçon et une fille. Comment s'appellent-ils?

M. SMITH: Bobby et Bobby comme leurs parents. L'oncle de Bobby Watson, le vieux Bobby Watson est riche et il aime le garçon. Il pourrait très bien se charger de l'éducation de Bobby.

MME SMITH: Ce serait naturel. Et la tante de Bobby Watson, la vieille Bobby Watson pourrait très bien, à son tour, se charger de l'éducation de Bobby Watson, la fille de Bobby Watson. Comme ça, la maman de Bobby Watson, Bobby, pourrait se remarier. Elle a quelqu'un en vue?

M. SMITH: Oui, un cousin de Bobby Watson.

MME SMITH: Qui? Bobby Watson?

* M. SMITH: De quel Bobby Watson parles-tu?

MME SMITH: De Bobby Watson, le fils du vieux Bobby Watson l'autre oncle de Bobby Watson, le mort.

M. SMITH: Non, ce n'est pas celui-là, c'est un autre. C'est Bobby Watson, le fils de la vieille Bobby Watson la tante de Bobby Watson, le mort.

MME SMITH: Tu veux parler de Bobby Watson, le commis-voyageur?

M. SMITH: Tous les Bobby Watson sont commis-voyageurs.

MME SMITH: Quel dur métier! Pourtant, on y fait de bonnes affaires.

M. SMITH: Oui, quand il n'y a pas de concurrence.

MME SMITH: Et quand n'y a-t-il pas de concurrence?

M. SMITH: Le mardi, le jeudi et le mardi.

MME SMITH: Ah! trois jours par semaine? Et que fait Bobby Watson pendant ce temps-là?

M. SMITH: Il se repose, il dort.

MME SMITH: Mais pourquoi ne travaille-t-il pas pendant ces trois jours s'il n'y a pas de concurrence?

M. SMITH: Je ne peux pas tout savoir. Je ne peux pas répondre à toutes tes questions idiotes!

MME SMITH (*offensée*): Tu dis ça pour m'humilier?

M. SMITH (*tout souriant*): Tu sais bien que non.

MME SMITH: Les hommes sont tous pareils! Vous restez là, toute la journée, la cigarette à la bouche ou bien vous vous mettez de la poudre et vous fardez vos lèvres, cinquante fois par jour, si vous n'êtes pas en train de boire sans arrêt!

M. SMITH: Mais qu'est-ce que tu dirais si tu voyais les hommes faire comme les femmes, fumer toute la journée, se poudrer, se mettre du rouge aux lèvres, boire du whisky?

MME SMITH: Quant à moi, je m'en fiche! Mais si tu dis ça pour m'embêter, alors... je n'aime pas ce genre de plaisanterie, tu le sais bien!

Elle jette les chaussettes très loin et montre ses dents. Elle se lève.[1]

M. SMITH (*se lève a son tour et va vers sa femme, tendrement*): Oh! mon petit poulet rôti, pourquoi craches-tu du feu! tu sais bien que je dis ça pour rire! (*Il la prend par la taille et l'embrasse.*) Quel ridicule couple de vieux amoureux nous faisons! Viens, nous allons éteindre et nous allons faire dodo!

SCÈNE II

LES MÊMES ET MARY

MARY (*entrant*): Je suis la bonne. J'ai passé un après-midi très agréable. J'ai été au cinéma avec un homme et j'ai vu un film avec des femmes. A la sortie du cinéma, nous sommes allés boire de l'eau-de-vie et du lait et puis on a lu le journal. *

MME SMITH: J'espère que vous avez passé un après-midi très agréable, que vous êtes allée au cinéma avec un homme et que vous avez bu de l'eau-de-vie et du lait.

M. SMITH: Et le journal!

MARY: Mme et M. Martin, vos invités, sont à la porte. Ils m'attendaient. Ils n'osaient pas entrer tout seuls. Ils devaient dîner avec vous, ce soir.

MME SMITH: Ah oui. Nous les attendions. Et on avait faim. Comme on ne les voyait plus venir, on allait manger sans eux. On n'a rien mangé, de toute la journée. Vous n'auriez pas dû vous absenter!

MARY: C'est vous qui m'avez donné la permission.

M. SMITH: On ne l'a pas fait exprès!

MARY (*éclate de rire. Puis, elle pleure. Elle sourit*): Je me suis acheté un pot de chambre.

MME SMITH: Ma chère Mary, veuillez ouvrir la porte et faites

[1] Dans la mise en scène de Nicolas Bataille (Paris 1950), Mme Smith ne montrait pas ses dents, ne jetait pas très loin les chaussettes.

entrer M. et Mme Martin, s'il vous plaît. Nous allons vite nous habiller.

Mme et M. Smith sortent à droite. Mary ouvre la porte à gauche par laquelle entrent M. et Mme Martin.

SCÈNE III

MARY, LES ÉPOUX MARTIN

MARY: Pourquoi êtes-vous venus si tard! Vous n'êtes pas polis. Il faut venir à l'heure. Compris? asseyez-vous quand même là, et attendez, maintenant.

Elle sort.

SCÈNE IV

LES MÊMES, MOINS MARY

Mme et M. Martin, s'assoient l'un en face de l'autre, sans se parler. Ils se sourient, avec timidité.

* M. MARTIN (*le dialogue qui suit doit etre dit d'une voix trainante monotone, un peu chantante, nullement nuancée*):[1] Mes excuses Madame, mais il me semble, si je ne me trompe, que je vous ai déjà rencontrée quelque part.

MME MARTIN: A moi aussi, Monsieur, il me semble que je vous ai déjà rencontré quelque part.

M. MARTIN: Ne vous aurais-je pas déjà aperçue, Madame, à Manchester, par hasard?

[1] Dans la mise en scène de Nicolas Bataille, ce dialogue etait dit et joué sur un ton et dans un style sincèrement tragiques.

MME MARTIN: C'est très possible. Moi, je suis originaire de la ville de Manchester! Mais je ne me souviens pas très bien, Monsieur, je ne pourrais pas dire si je vous y ai aperçu, ou non!

M. MARTIN: Mon Dieu, comme c'est curieux! Moi aussi je suis originaire de la ville de Manchester, Madame!

MME MARTIN: Comme c'est curieux!

M. MARTIN: Comme c'est curieux!... Seulement, moi, Madame, j'ai quitté la ville de Manchester, il y a cinq semaines, environ.[1]

MME MARTIN: Comme c'est curieux! quelle bizarre coincidence! Moi aussi, Monsieur, j'ai quitté la ville de Manchester, il y a cinq semaines, environ.

M. MARTIN: J'ai pris le train d'une demie après huit le matin, qui arrive à Londres à un quart avant cinq, Madame. *

MME MARTIN: Comme c'est curieux! comme c'est bizarre! et quelle coïncidence! J'ai pris le même train, Monsieur, moi aussi!

M. MARTIN: Mon Dieu, comme c'est curieux! peut-être bien alors, Madame, que je vous ai vue dans le train?

MME MARTIN: C'est bien possible, ce n'est pas exclu, c'est plausible et, après tout pourquoi pas!... Mais je n'en ai aucun souvenir, Monsieur!

M. MARTIN: Je voyageais en deuxième classe, Madame. Il n'y a pas de deuxième classe en Angleterre, mais je voyage quand même en deuxième classe.

MME MARTIN: Comme c'est bizarre, que c'est curieux, et quelle, coïncidence! moi aussi, Monsieur, je voyageais en deuxième classe!

M. MARTIN: Comme c'est curieux! Nous nous sommes peut-être bien rencontrés en deuxième classe, chère Madame!

MME MARTIN: La chose est bien possible et ce n'est pas du tout exclu. Mais je ne m'en souviens pas très bien, cher Monsieur!

M. MARTIN: Ma place était dans le wagon nº 8, sixième compartiment, Madame!

[1] L'expression «environ» était remplacée, à la représentation, par «en ballon», malgré une très vive opposition de l'auteur.

MME MARTIN: Comme c'est curieux! ma place aussi était dans le wagon nº 8, sixième compartiment, cher Monsieur!

M. MARTIN: Comme c'est curieux et quelle coïncidence bizarre! Peut-être nous sommes-nous rencontrés dans le sixième compartiment, chère Madame?

MME MARTIN: C'est bien possible, après tout! Mais je ne m'en souviens pas, cher Monsieur!

M. MARTIN: A vrai dire, chère Madame, moi non plus je ne m'en souviens pas, mais il est possible que nous nous soyons aperçus là, et si j'y pense bien, la chose me semble même très possible!

MME MARTIN: Oh! vraiment, bien sûr, vraiment, Monsieur!

M. MARTIN: Comme c'est curieux!... J'avais la place nº 3, près de la fenêtre, chère Madame.

MME MARTIN: Oh, mon Dieu, comme c'est curieux et comme c'est bizarre, j'avais la place nº 6, près de la fenêtre, en face de vous, cher Monsieur.

M. MARTIN: Oh, mon Dieu, comme c'est curieux et quelle coïncidence!... Nous étions donc vis-à-vis, chère Madame! C'est là que nous avons dû nous voir!

MME MARTIN: Comme c'est curieux! C'est possible mais je ne m'en souviens pas, Monsieur!

M. MARTIN: A vrai dire, chère Madame, moi non plus je ne m'en souviens pas. Cependant, il est très possible que nous nous soyons vus à cette occasion.

MME MARTIN: C'est vrai, mais je n'en suis pas sûre du tout, Monsieur.

M. MARTIN: Ce n'était pas vous, chère Madame, la dame qui m'avait prié de mettre sa valise dans le filet et qui ensuite m'a remercié et m'a permis de fumer?

MME MARTIN: Mais si, ça devait être moi, Monsieur! Comme c'est curieux, comme c'est curieux, et quelle coïncidence!

M. MARTIN: Comme c'est curieux, comme c'est bizarre, quelle coïncidence! Eh bien alors, alors, nous nous commes peut-être connus à ce moment-là, Madame?

MME MARTIN: Comme c'est curieux et quelle coïncidence! c'est bien possible, cher Monsieur! Cependant, je ne crois pas m'en souvenir.

M. MARTIN: Moi non plus, Madame.

Un moment de silence. La pendule sonne 2-1.

M. MARTIN: Depuis que je suis arrivé à Londres, j'habite rue Bromfield, chère Madame.

MME MARTIN: Comme c'est curieux, comme c'est bizarre! moi aussi, depuis mon arrivée à Londres j'habite rue Bromfield, cher Monsieur.

M. MARTIN: Comme c'est curieux, mais alors, mais alors, nous nous sommes peut-être rencontrés rue Bromfield, chère Madame.

MME. MARTIN: Comme c'est curieux; comme c'est bizarre! c'est bien possible, après tout! Mais je ne m'en souviens pas, cher Monsieur.

M. MARTIN: Je demeure au n° 19, chère Madame.

MME MARTIN: Comme c'est curieux, moi aussi j'habite au n° 19, cher Monsieur.

M. MARTIN: Mais alors, mais alors, mais alors, mais alors, mais alors, nous nous sommes peut-être vus dans cette maison, chère Madame?

MME MARTIN: C'est bien possible, mais je ne m'en souviens pas, cher Monsieur.

M. MARTIN: Mon appartement est au cinquième étage, c'est le n° 8, chère Madame.

MME MARTIN: Comme c'est curieux, mon Dieu, comme c'est bizarre! et quelle coïncidence! moi aussi j'habite au cinquième étage, dans l'appartement n° 8, cher Monsieur!

M. MARTIN (*songeur*): Comme c'est curieux comme c'est curieux, comme c'est curieux et quelle coïncidence! vous savez, dans ma chambre à coucher j'ai un lit. Mon lit est couvert d'un édredon vert. Cette chambre, avec ce lit et son édredon vert, se trouve au fond du corridor, entre les water et la bibliothèque, chère Madame!

MME MARTIN: Quelle coïncidence, ah mon Dieu, quelle coïncidence! Ma chambre à coucher a, elle aussi un lit avec un édredon vert et se trouve au fond du corridor, entre les water, cher Monsieur, et la bibliothèque!

M. MARTIN: Comme c'est bizarre, curieux, étrange! alors, Madame, nous habitons dans la même chambre et nous dormons dans le même lit, chère Madame. C'est peut-être là que nous nous sommes rencontrés!

MME MARTIN: Comme c'est curieux et quelle coïncidence! C'est bien possible que nous nous y soyons rencontrés, et peut-être même la nuit dernière. Mais je ne m'en souviens pas, cher Monsieur!

M. MARTIN: J'ai une petite fille, ma petite fille, elle habite avec moi, chère Madame. Elle a deux ans, elle est blonde, elle a un œil blanc et un œil rouge, elle est très jolie, elle s'appelle Alice, chère Madame.

MME MARTIN: Quelle bizarre coïncidence! moi aussi j'ai une petite fille, elle a deux ans, un œil blanc et un œil rouge, elle est très jolie et s'appelle aussi Alice, cher Monsieur!

M. MARTIN (*même voix traînante, monotone*): Comme c'est curieux et quelle coïncidence! et bizarre! c'est peut-être la même, chère Madame!

MME MARTIN: Comme c'est curieux! c'est bien possible, cher Monsieur.

Un assez long moment de silence... La pendule sonne vingt-neuf fois.

M. MARTIN (*après avoir longuement réfléchi, se lève lentement et, sans se presser, se dirige vers Mme Martin qui, surprise par l'air solennel de M. Martin, s'est levée, elle aussi, tout doucement; M. Martin a la même voix rare, monotone, vaguement chantante*): Alors, chère Madame, je crois qu'il n'y a pas de doute, nous nous sommes déjà vus et vous êtes ma propre épouse... Élisabeth, je t'ai retrouvée!

MME MARTIN *s'approche de M. Martin sans se presser. Ils s'embrassent sans expression. La pendule sonne une fois, très fort.*

Le coup de la pendule doit être si fort qu'il doit faire sursauter les spectateurs. Les époux Martin ne l'entendent pas.

MME MARTIN: Donald, c'est toi, darling!

Ils s'assoient dans le même fauteuil se tiennent embrassés et s'endorment. La Pendule sonne encore plusieurs fois. Mary, sur la pointe des pieds, un doigt sur ses lèvres, entre doucement en scène et s'adresse au public.

SCÈNE V

LES MÊMES ET MARY

MARY: Élisabeth et Donald sont, maintenant, trop heureux pour pouvoir m'entendre. Je puis donc vous révéler un secret. Élisabeth n'est pas Élisabeth, Donald n'est pas Donald. En voici la preuve: l'enfant dont parle Donald n'est pas la fille d'Élisabeth, ce n'est pas la même personne. La fillette de Donald a un œil blanc et un autre rouge tout comme la fillette d'Élisabeth. Mais tandis que l'enfant de Donald a l'œil blanc à droite et l'œil rouge à gauche, l'enfant d'Élisabeth, lui, a l'œil rouge à droite et le blanc à gauche! Ainsi tout le système d'argumentation de Donald s'écroule en se heurtant à ce dernier obstacle qui anéantit toute sa théorie. Malgré les coïncidences extraordinaires qui semblent être des preuves définitives, Donald et Élisabeth n'étant pas les parents du même enfant ne sont pas Donald et Élisabeth. Il a beau croire qu'il est Donald, elle a beau se croire Élisabeth. Il a beau croire qu'elle est Élisabeth. Elle a beau croire qu'il est Donald: ils se trompent amèrement. Mais qui est le véritable Donald? Quelle est la véritable Élisabeth? Qui donc a intérêt à faire durer cette confusion? Je n'en sais rien. Ne tâchons pas de le savoir. Laissons les choses comme elles sont. (*Elle fait quelques pas vers la porte, puis revient et s'adresse au public.)* Mon vrai nom est Sherlock Holmès.

Elle sort.

SCÈNE VI

LES MÊMES SANS MARY

La pendule sonne tant qu'elle veut. Après de nombreux instants, Mme et M. Martin se séparent et reprennent les places qu'ils avaient au début.

M. MARTIN: Oublions, darling, tout ce qui ne s'est pas passé entre nous et, maintenant que nous nous sommes retrouvés, tâchons de ne plus nous perdre et vivons comme avant.

MME MARTIN: Oui, darling.

SCÈNE VII

LES MÊMES ET LES SMITH

Mme et M. Smith entrent à droite, sans aucun changement dans leurs vêtements.

MME SMITH: Bonsoir, chers amis! excusez-nous de vous avoir fait attendre si longtemps. Nous avons pensé qu'on devait vous rendre les honneurs auxquels vous avez droit et, dès que nous avons appris que vous vouliez bien nous faire le plaisir de venir nous voir sans annoncer votre visite, nous nous sommes dépêchés d'aller revêtir nos habits de gala.

M. SMITH (*furieux*): Nous n'avons rien mangé toute la journée. Il y a quatre heures que nous vous attendons. Pourquoi êtes-vous venus en retard?

Mme et M. Smith s'assoient en face des visiteurs. La pendule souligne les répliques, avec plus ou moins de force, selon le cas.

Les Martin, elle surtout, ont l'air embarrassé et timide. C'est pourquoi la conversation s'amorce difficilement et les mots viennent, au début, avec peine. Un long silence gêné au début, puis d'autres silences et hésitations par la suite.

M. SMITH: Hm.

Silence.

MME SMITH: Hm, hm.

Silence.

MME MARTIN: Hm, hm, hm.

Silence.

M. MARTIN: Hm, hm, hm, hm.

Silence.

MME MARTIN: Oh, décidément.

Silence.

M. MARTIN: Nous sommes tous enrhumés.

Silence.

M. SMITH: Pourtant il ne fait pas froid.

Silence.

MME SMITH: Il n'y a pas de courant d'air.

Silence.

M. MARTIN: Oh non, heureusement.

Silence.

M. SMITH: Ah, la la la la.

Silence.

M. MARTIN: Vous avez du chagrin?

Silence.

MME SMITH: Non. Il s'emmerde.

Silence.

MME MARTIN: Oh, Monsieur, à votre âge, vous ne devriez pas.

Silence.

M. SMITH: Le cœur n'a pas d'âge.

Silence.

M. MARTIN: C'est vrai.

Silence.

MME SMITH: On le dit.

Silence.

MME MARTIN: On dit aussi le contraire.

Silence.

M. SMITH: La vérité est entre les deux.

Silence.

M. MARTIN: C'est juste.

Silence.

MME SMITH (*aux époux Martin*): Vous qui voyagez beaucoup, vous devriez pourtant avoir des choses intéressantes à nous raconter.

M. MARTIN (*à sa femme*): Dis, chérie, qu'est-ce que tu as vu aujourd'hui?

MME MARTIN: Ce n'est pas la peine, on ne me croirait pas.

M. SMITH: Nous n'allons pas mettre en doute votre bonne foi!

MME SMITH: Vous nous offenseriez si vous le pensiez.

M. MARTIN (*à sa femme*): Tu les offenserais, chérie, si tu le pensais...

MME MARTIN (*gracieuse*): Eh bien, j'ai assisté aujourd'hui à une chose extraordinaire. Une chose incroyable.

M. MARTIN: Dis vite, chérie.

M. SMITH: Ah, on va s'amuser.

MME SMITH: Enfin.

MME MARTIN: Eh bien, aujourd'hui, en allant au marché pour acheter des légumes qui sont de plus en plus chers...

MME SMITH: Qu'est-ce que ça va devenir!

M. SMITH: Il ne faut pas interrompre, chérie, vilaine.

MME MARTIN: J'ai vu, dans la rue, à côté d'un café, un Monsieur, convenablement vêtu, âgé d'une cinquaintaine d'années, même pas, qui...

M. SMITH: Qui, quoi?

MME SMITH: Qui, quoi?

M. SMITH (a *sa femme*): Faut pas interrompre, chérie, tu es dégoûtante.

MME SMITH: Chérie, c'est toi qui as interrompu le premier, mufle.

M. MARTIN: Chut. (*A sa femme.*) Qu'est-ce qu'il faisait, le Monsieur?

MME MARTIN: Eh bien, vous allez dire que j'invente, il avait mis un genou par terre et se tenait penché.

M. MARTIN, M. SMITH, MME SMITH: Oh!

MME MARTIN: Oui, penché.

M. SMITH: Pas possible.

MME MARTIN: Si, penché. Je me suis approchée de lui pour voir ce qu'il faisait...

M. SMITH: Eh bien?

MME MARTIN: Il nouait les lacets de sa chaussure qui s'étaient défaits.

LES TROIS AUTRES: Fantastique!

M. SMITH: Si ce n'était pas vous, je ne le croirais pas.

M. MARTIN: Pourquoi pas? On voit des choses encore plus extraordinaires, quand on circule. Ainsi, aujourd'hui moi-même, j'ai vu dans le métro, assis sur une banquette, un monsieur qui lisait tranquillement son journal.

MME SMITH: Quel original!

M. SMITH: C'était peut-être le même!

On entend sonner à la porte d'entrée.

M. SMITH: Tiens, on sonne.

MME SMITH: Il doit y avoir quelqu'un. Je vais voir. (*Elle va voir. Elle ouvre et revient.*) Personne.

Elle se rassoit.

M. MARTIN: Je vais vous donner un autre exemple...

Sonnette.

M. SMITH: Tiens, on sonne.

MME SMITH: Ça doit être quelqu'un. Je vais voir. (*Elle va voir Elle ouvre et revient.*) Personne.

Elle revient à sa place.

M. MARTIN (*qui a oublié où il en est*): Euh!...

MME MARTIN: Tu disais que tu allais donner un autre exemple.

M. MARTIN: Ah oui...

Sonnette.

M. SMITH: Tiens, on sonne.

MME SMITH: Je ne vais plus ouvrir.

M. SMITH: Oui, mais il doit y avoir quelqu'un!

MME SMITH: La première fois, il n'y avait personne. La deuxième fois, non plus. Pourquoi crois-tu qu'il y aura quelqu'un maintenant?

M. SMITH: Parce qu'on a sonné!

MME MARTIN: Ce n'est pas une raison.

M. MARTIN: Comment? Quand on entend sonner à la porte, c'est qu'il y a quelqu'un à la porte, qui sonne pour qu'on lui ouvre la porte.

MME MARTIN: Pas toujours. Vous avez vu tout à l'heure!

M. MARTIN: La plupart du temps, si.

M. SMITH: Moi, quand je vais chez quelqu'un, je sonne pour entrer. Je pense que tout le monde fait pareil et que chaque fois qu'on sonne c'est qu'il y a quelqu'un.

MME SMITH: Cela est vrai en théorie. Mais dans la réalité les choses se passent autrement. Tu as bien vu tout à l'heure.

MME MARTIN: Votre femme a raison.

M. MARTIN: Oh! vous, les femmes, vous vous défendez toujours l'une l'autre.

MME SNITH: Eh bien, je vais aller voir. Tu ne diras pas que je suis entêtée, mais tu verras qu'il n'y a personne! (*Elle va voir. Elle ouvre la porte et la referme.*) Tu vois, il n'y a personne.

Elle revient à sa place.

MME SMITH: Ah! ces hommes qui veulent toujours avoir raison et qui ont toujours tort!

On entend de nouveau sonner.

M. SMITH: Tiens, on sonne. Il doit y avoir quelqu'un.

MME SMITH (*qui fait une crise de colère*): Ne m'envoie plus ouvrir la porte. Tu as vu que c'était inutile. L'expérience nous apprend que lorsqu'on entend sonner à la porte c'est qu'il n'y a jamais personne.

MME MARTIN: Jamais.

M. MARTIN: Ce n'est pas sûr.

M. SMITH: C'est même faux. La plupart du temps, quand on entend sonner à la porte, c'est qu'il y a quelqu'un.

MME SMITH: Il ne veut pas en démordre.

MME MARTIN: Mon mari aussi est très têtu.

M. SMITH: Il y a quelqu'un.

M. MARTIN: Ce n'est pas impossible.

MME SMITH (*à son mari*): Non.

M. SMITH: Si.

MME SMITH: Je te dis que non. En tout cas, tu ne me dérangeras plus pour rien. Si tu veux aller voir, vas-y toi-même!

M. SMITH: J'y vais.

Mme Smith hausse les épaules. Mme Martin hoche la tête.

M. SMITH (*va ouvrir*): Ah! how do you do! (*Il jette un regard à Mme Smith et aux époux Martin qui sont tous surpris.*) C'est le Capitaine des Pompiers!

SCÈNE VIII

LES MÊMES, LE CAPITAINE DES POMPIERS

LE POMPIER (*il a, bien entendu, un énorme casque qui brille et un uniforme*): Bonjour, Mesdames et Messieurs. (*Les gens sont encore un peu étonnés. Mme Smith, fâchée, tourne la tête et ne répond pas à son salut.*) Bonjour, Madame Smith. Vous avez l'air fâché.

MME SMITH: Oh!

M. SMITH: C'est que, voyez-vous.... ma femme est un peu humiliée de ne pas avoir eu raison.

M. MARTIN: Il y a eu, Monsieur le Capitaine des Pompiers, une controverse entre Madame et Monsieur Smith.

MME SMITH (*à M. Martin*): Ça ne vous regarde pas! (*A M. Smith.*) Je te prie de ne pas mêler les étrangers à nos querelles familiales.

M. SMITH: Oh, chérie, ce n'est pas bien grave. Le Capitaine est un vieil ami de la maison. Sa mère me faisait la cour, son père, je le connaissais. Il m'avait demandé de lui donner ma fille en mariage quand j'en aurais une. Il est mort en attendant.

M. MARTIN: Ce n'est ni sa faute à lui ni la vôtre.

LE POMPIER: Enfin, de quoi s'agit-il?

MME SMITH: Mon mari prétendait...

M. SMITH: Non, c'est toi qui prétendais.

M. MARTIN: Oui, c'est elle.

MME MARTIN: Non, c'est lui.

LE POMPIER: Ne vous énervez pas. Racontez-moi ça, Madame Smith.

MME SMITH: Eh bien, voilà. Ça me gêne beaucoup de vous parler franchement, mais un pompier est aussi un confesseur.

LE POMPIER: Eh bien?

* MME SMITH: On se disputait parce que mon mari disait que lorsqu'on entend sonner à la porte, il y a toujours quelqu'un.

M. MARTIN: La chose est plausible.

MME SMITH: Et moi, je disais que chaque fois que l'on sonne, c'est qu'il n'y a personne.

MME MARTIN: La chose peut paraître étrange.

MME SMITH: Mais elle est prouvée, non point par des démonstrations théroriques, mais par des faits.

M. SMITH: C'est faux, puisque le pompier est là. Il a sonné, j'ai ouvert, il était là.

MME MARTIN: Quand?

M. MARTIN: Mais tout de suite.

MME SMITH: Oui, mais ce n'est qu'après avoir entendu sonner une quatrième fois que l'on a trouvé quelqu'un. Et la quatrième fois ne compte pas.

MME MARTIN: Toujours. Il n'y a que les trois premières qui comptent.

M. SMITH: Monsieur le Capitaine, laissez-moi vous poser, à mon tour, quelques questions.

LE POMPIER: Allez-y.

M. SMITH: Quand j'ai ouvert et que je vous ai vu, c'était bien vous qui aviez sonné?

LE POMPIER: Oui, c'était moi.

M. MARTIN: Vous étiez à la porte? Vous sonniez pour entrer?

LE POMPIER: Je ne le nie pas.

M. SMITH (*à sa femme, victorieusement*): Tu vois? j'avais raison. Quand on entend sonner, c'est que quelqu'un sonne. Tu ne peux pas dire que le Capitaine n'est pas quelqu'un.

MME SMITH: Certainement pas. Je te répète que je te parle seulement des trois premières fois puisque la quatrième ne compte pas.

MME MARTIN: Et quand on a sonné la première fois, c'était vous?

LE POMPIER: Non, ce n'était pas moi.

MME MARTIN: Vous voyez? On sonnait et il n'y avait personne.

M. MARTIN: C'était peut-être quelqu'un d'autre?

M. SMITH: Il y avait longtemps que vous étiez à la porte?

LE POMPIER: Trois quarts d'heure.

M. SMITH: Et vous n'avez vu personne?

LE POMPIER: Personne. J'en suis sûr.

MME MARTIN: Est-ce que vous avez entendu sonner la deuxième fois?

LE POMPIER: Oui, ce n'était pas moi non plus. Et il n'y avait toujours personne.

MME SMITH: Victoire! J'ai eu raison.

M. SMITH (*à sa femme*): Pas si vite. (*Au Pompier.*) Et qu'est-ce que vous faisiez à la porte?

LE POMPIER: Rien. Je restais là. Je pensais à des tas de choses.

M. MARTIN (*au Pompier*): Mais la troisième fois... ce n'est pas vous qui aviez sonné?

LE POMPIER: Si, c'était moi.

M. SMITH: Mais quand on a ouvert, on ne vous a pas vu.

LE POMPIER: C'est parce que je me suis caché... pour rire.

MME SMITH: Ne riez pas, Monsieur le Capitaine. L'affaire est trop triste.

M. MARTIN: En somme, nous ne savons toujours pas si, lorsqu'on sonne à la porte, il y a quelqu'un ou non!

MME SMITH: Jamais personne.

M. SMITH: Toujours quelqu'un.

LE POMPIER: Je vais vous mettre d'accord. Vous avez un peu raison tous les deux. Lorsqu'on sonne à la porte, des fois il y a quelqu'un, d'autres fois il n'y a personne.

M. MARTIN: Ça me paraît logique.

MME MARTIN: Je le crois aussi.

LE POMPIER: Les choses sont simples, en réalité. (*Aux époux Smith.*) Embrassez-vous.

MME SMITH: On s'est déjà embrassé tout à l'heure.

M. MARTIN: Ils s'embrasseront demain. Ils ont tout le temps.

MME SMITH: Monsieur le Capitaine, puisque vous nous avez aidés à mettre tout cela au clair, mettez-vous à l'aise, enlevez votre casque et asseyez-vous un instant.

LE POMPIER: Excusez-moi, mais je ne peux pas rester longtemps. Je veux bien enlever mon casque, mais je n'ai pas le temps de m'asseoir. (*Il s'assoit, sans enlever son casque.*) Je vous avoue que je suis venu chez vous pour tout à fait autre chose. Je suis en mission de service.

MME SMITH: Et qu'est-ce qu'il y a pour votre service, Monsieur le Capitaine?

LE POMPIER: Je vais vous prier de vouloir bien excuser mon indiscrétion (*très embarrassé*); euh (*il montre du doigt les époux Martin*) ...puis-je... devant eux...

MME MARTIN: Ne vous gênez pas.

M. MARTIN: Nous sommes de vieux amis. Ils nous racontent tout.

M. SMITH: Dites.

LE POMPIER: Eh bien, voilà. Est-ce qu'il y a le feu chez vous?

MME SMITH: Pourquoi nous demandez-vous ça?

LE POMPIER: C'est parce que... excusez-moi, j'ai l'ordre d'éteindre tous les incendies dans la ville.

MME MARTIN: Tous?

LE POMPIER: Oui, tous.

MME SMITH (*confuse*): Je ne sais pas... je ne crois pas, voulez-vous que j'aille voir?

M. SMITH (*reniflant*): Il ne doit rien y avoir. Ça ne sent pas le roussi.[1]

LE POMPIER (*désolé*): Rien du tout? Vous n'auriez pas un petit feu de cheminée, quelque chose qui brûle dans le grenier ou dans la cave? Un petit début d'incendie, au moins?

MME SMITH: Écoutez, je ne veux pas vous faire de la peine mais je pense qu'il n'y a rien chez nous pour le moment. Je vous promets de vous avertir dès qu'il y aura quelque chose.

LE POMPIER: N'y manquez pas, vous me rendriez service.

MME SMITH: C'est promis.

LE POMPIER (*aux époux Martin*): Et chez vous, ça ne brûle pas non plus?

MME MARTIN: Non, malheureusement.

M. MARTIN (*au Pompier*): Les affaires vont plutôt mal, en ce moment?

LE POMPIER: Très mal. Il n'y a presque rien, quelques bricoles, une cheminée, une grange. Rien de sérieux. Ça ne rapporte pas. Et comme il n'y a pas de rendement, la prime à la production est très maigre.

M. SMITH: Rien ne va. C'est partout pareil. Le commerce, l'agriculture, cette année c'est comme pour le feu, ça ne marche pas.

M. MARTIN: Pas de blé, pas de feu.

LE POMPIER: Pas d'inondation non plus.

MME SMITH: Mais il y a du sucre.

M. SMITH: C'est parce qu'on le fait venir de l'étranger.

MME MARTIN: Pour les incendies, c'est plus difficile. Trop de taxes!

LE POMPIER: Il y a tout de même, mais c'est assez rare aussi, une

[1] Dans la mise en scène de M. Nicolas Bataille, M. et Mme Martin reniflent aussi.

asphyxie au gaz, ou deux. Ainsi, une jeune femme s'est asphyxiée, la semaine dernière, elle avait laissé le gaz ouvert.

MME MARTIN: Elle l'avait oublié?

LE POMPIER: Non, mais elle a cru que c'était son peigne.

M. SMITH: Ces confusions sont toujours dangereuses!

MME SMITH: Est-ce que vous êtes allé voir chez le marchand d'allumettes?

LE POMPIER: Rien à faire. Il est assuré contre l'incendie.

* M. MARTIN: Allez donc voir, de ma part, le vicaire de Wakefield!

LE POMPIER: Je n'ai pas le droit d'éteindre le feu chez les prêtres. L'Évêque se fâcherait. Ils éteignent leurs feux tout seuls ou
* bien ils les font éteindre par des vestales.

M. SMITH: Essayez voir chez Durand.

LE POMPIER: Je ne peux pas non plus. Il n'est pas Anglais. Il est naturalisé seulement. Les naturalisés ont le droit d'avoir des maisons mais pas celui de les faire éteindre si elles brûlent.

MME SMITH: Pourtant, quand le feu s'y est mis l'année dernière, on l'a bien éteint quand même!

LE POMPIER: Il a fait ça tout seul. Clandestinement. Oh, c'est pas moi qui irais le dénoncer.

M. SMITH: Moi non plus.

MME SMITH: Puisque vous n'êtes pas trop pressé, Monsieur le Capitaine, restez encore un peu. Vous nous feriez plaisir.

LE POMPIER: Voulez-vous que je vous raconte des anecdotes?

MME SMITH: Oh, bien sûr, vous êtes charmant.

Elle l'embrasse.

M. SMITH, MME MARTIN, M. MARTIN: Oui, oui, des anecdotes, bravo!

Ils applaudissent.

M. SMITH: Et ce qui est encore plus intéressant, c'est que les histoires de pompier sont vraies, toutes, et vécues.

LE POMPIER: Je parle de choses que j'ai expérimentées moi-même. La nature, rien que la nature. Pas les livres.

M. MARTIN: C'est exact, la vérité ne se trouve d'ailleurs pas dans les livres, mais dans la vie.

MME SMITH: Commencez!

M. MARTIN: Commencez!

MME MARTIN: Silence, il commence.

LE POMPIER (*toussote plusieurs fois*): Excusez-moi, ne me regardez pas comme ça. Vous me gênez. Vous savez que je suis timide.

MME SMITH: Il est charmant!

Elle l'embrasse.

LE POMPIER: Je vais tâcher de commencer quand même. Mais promettez-moi de ne pas écouter.

MME MARTIN: Mais, si on n'écoutait pas, on ne vous entendrait pas.

LE POMPIER: Je n'y avais pas pensé!

MME SMITH: Je vous l'avais dit: c'est un gosse.

M. MARTIN, M. SMITH: Oh, le cher enfant!

Ils l'embrassent.[1]

MME MARTIN: Courage.

LE POMPIER: Eh bien, voilà. (*Il toussote encore, puis commence d'une voix que l'émotion fait trembler.*) «Le Chien et le bœuf», * fable expérimentale: une fois, un autre bœuf demandait à un autre chien: pourquoi n'as-tu pas avalé ta trompe? Pardon, répondit le chien, c'est parce que j'avais cru que j'étais éléphant.

MME MARTIN: Quelle est la morale?

LE POMPIER: C'est à vous de la trouver.

M. SMITH: Il a raison.

MME SMITH (*furieuse*): Une autre.

LE POMPIER: Un jeune veau avait mangé trop de verre pilé. En conséquence, il fut obligé, d'accoucher. Il mit au monde une vache. Cependant, comme le veau était un garçon, la vache ne pouvait pas l'appeler «maman». Elle ne pouvait pas lui dire «papa» non plus, parce que le veau était trop petit. Le veau fut alors obligé de se marier avec une personne et la mairie

[1] Dans la mise en scène de M. Nicolas Bataille, on n'embrasse pas le Pompier.

prit alors toutes les mesures édictées par les circonstances à la mode.

* M. SMITH: A la mode de Caen.

M. MARTIN: Comme les tripes.

LE POMPIER: Vous la connaissiez donc?

MME SMITH: Elle était dans tous les journaux.

MME MARTIN: Ça s'est passé pas loin de chez nous.

LE POMPIER: Je vais vous en dire une autre. «Le Coq.» Une fois, un coq voulut faire le chien. Mais il n'eut pas de chance, car on le reconnut tout de suite.

MME SMITH: Par contre, le chien qui voulut faire le coq n'a jamais été reconnu.

M. SMITH: Je vais vous en dire une, à mon tour: «le Serpent et le renard». Une fois, un serpent s'approchant d'un renard lui dit: «Il me semble que je vous connais!» Le renard lui répondit: «Moi aussi.» «Alors, dit le serpent, donnez-moi de l'argent.» «Un renard ne donne pas d'argent», répondit le rusé animal qui, pour s'échapper, sauta dans une vallée profonde pleine de fraisiers et de miel de poule. Le serpent l'y attendait déjà, en riant d'un rire méphistophélique. Le renard sortit son couteau en hurlant: «Je vais t'apprendre à vivre!», puis s'enfuit, en tournant le dos. Il n'eut pas de chance. Le serpent fut plus vif. D'un coup de poing bien choisi, il frappa le renard en plein front, qui se brisa en mille morceaux, tout en s'écriant: «Non! Non! Quatre fois non! Je ne suis pas ta fille.» [1]

MME MARTIN: C'est intéressant.

MME SMITH: C'est pas mal.

M. MARTIN (*il serre la main à M. Smith*): Mes félicitations.

LE POMPIER (*jaloux*): Pas fameuse. Et puis, je la connaissais.

M. SMITH: C'est terrible.

MME SMITH: Mais ça n'a pas été vrai.

MME MARTIN: Si. Malheureusement.

M. MARTIN (*à Mme Smith*): C'est votre tour, Madame.

[1] Cette anecdote a été supprimée à la représentation. M. Smith faisait seulement les gestes, sans sortir aucun son de sa bouche.

MME SMITH: J'en connais une seule. Je vais vous la dire. Elle s'intitule: «Le Bouquet.»

M. SMITH: Ma femme a toujours été romantique.

M. MARTIN: C'est une véritable Anglaise.[1]

MME SMITH: Voilà: Une fois, un fiancé avait apporté un bouquet de fleurs à sa fiancée qui lui dit *merci*; mais avant qu'elle lui eût dit *merci*, lui, sans dire un seul mot, lui prit les fleurs qu'il lui avait données pour lui donner une bonne leçon et, lui disant *je les reprends*, il lui dit *au revoir* en les reprenant et s'éloigna par-ci, par-là. *

M. MARTIN: Oh, charmant!

Il embrasse ou n'embrasse pas Mme Smith.

MME MARTIN: Vous avez une femme, Monsieur Smith, dont tout le monde est jaloux.

M. SMITH: C'est vrai. Ma femme est l'intelligence même. Elle est même plus intelligente que moi. En tout cas, elle est beaucoup plus féminine. On le dit.

MME SMITH (*au Pompier*): Encore une, Capitaine.

LE POMPIER: Oh non, il est trop tard.

M. MARTIN: Dites quand même.

LE POMPIER: Je suis trop fatigué.

M. SMITH: Rendez-nous ce service.

M. MARTIN: Je vous en prie.

LE POMPIER: Non.

MME MARTIN: Vous avez un cœur de glace. Nous sommes sur des charbons ardents.

MME SMITH (*tombe à ses genoux, en sanglotant, ou ne le fait pas*): Je vous en supplie.

LE POMPIER: Soit.

M. SMITH (*à l'oreille de Mme Martin*): Il accepte! Il va encore nous embêter.

MME MARTIN: Zut.

MME SMITH: Pas de chance. J'ai été trop polie.

LE POMPIER: «Le Rhume»: Mon beau-frère avait, du côté

[1] Ces deux répliques se répétaient trois fois à la représentation.

paternel, un cousin germain dont un oncle maternal avait un beau-père dont le grand-père paternel avait épousé en secondes noces une jeune indigène dont le frère avait rencontré dans un de ses voyages, une fille dont il s'était épris et avec laquelle il eut un fils qui se maria avec une pharmacienne intrépide qui n'était autre que la nièce d'un quartier-maître inconnu de la Marine britannique et dont le père adoptif avait une tante parlant couramment l'espagnol et qui était, peut-être, une des petites-filles d'un ingénieur, mort jeune, petit-fils lui-même d'un propriétaire de vignes dont on tirait un vin médiocre, mais qui avait un petit-cousin, casanier, adjudant, dont le fils avait épousé une bien jolie jeune femme, divorcée, dont le premier mari était le fils d'un sincère patriote qui avait su élever dans le désir de faire fortune une de ses filles qui put se marier avec un chasseur qui avait connu Rothschild et dont le frère, après avoir changé plusieurs fois de métier, se maria et eut une fille dont le bisaïeul, chétif, portait des lunettes que lui avait données un sien cousin, beaufrère d'un Portugais, fils naturel d'un meunier, pas trop pauvre, dont le frère de lait avait pris pour femme la fille d'un ancien médecin de campagne, lui-même frère de lait du fils d'un laitier, lui-même fils naturel d'un autre médecin de campagne, marié trois fois de suite dont la troisième femme...

M. MARTIN: J'ai connu cette troisième femme, si je ne me trompe. Elle mangeait du poulet dans un guêpier.

* LE POMPIER: C'était pas la même.

MME SMITH: Chut!

LE POMPIER: Je dis: ...dont la troisième femme était la fille de la meilleure sage-femme de la région et qui, veuve de bonne heure...

M. SMITH: Comme ma femme.

LE POMPIER: ...s'était remariée avec un vitrier, plein d'entrain, qui avait fait, à la fille d'un chef de gare, un enfant qui avait
* su faire son chemin dans la vie...

MME SMITH: Son chemin de fer...

M. MARTIN: Comme aux cartes.

LE POMPIER: Et avait épousé une marchande de neuf saisons, dont le père avait un frère, maire d'une petite ville, qui avait pris pour femme une institutrice blonde dont le cousin, pêcheur à la ligne...

M. MARTIN: A la ligne morte?

LE POMPIER: ...avait pris pour femme une autre institutrice blonde, nommée elle aussi Marie, dont le frère s'était marié à une autre Marie, toujours institutrice blonde...

M. SMITH: Puisqu'elle est blonde, elle ne peut être que Marie.

LE POMPIER: ... et dont le père avait été élevé au Canada par une vieille femme qui était la nièce d'un curé dont la grand-mère attrapait, parfois, en hiver, comme tout le monde, un rhume.

MME SMITH: Curieuse histoire. Presque incroyable.

M. MARTIN: Quand on s'enrhume, il faut prendre des rubans.

M. SMITH: C'est une précaution inutile, mais absolument nécessaire.

MME MARTIN: Excusez-moi, Monsieur le Capitaine, mais je n'ai pas très bien compris votre histoire. A la fin, quand on arrive à la grand-mère du prêtre, on s'empêtre.

M. SMITH: Toujours, on s'empêtre entre les pattes du prêtre.

MME SMITH: Oh oui, Capitaine, recommencez! tout le monde vous le demande.

LE POMPIER: Ah! je ne sais pas si je vais pouvoir. Je suis en mission de service. Ça dépend de l'heure qu'il est.

MME SMITH: Nous n'avons pas l'heure, chez nous.

LE POMPIER: Mais la pendule?

M. SMITH: Elle marche mal. Elle a l'esprit de contradiction. Elle indique toujours le contraire de l'heure qu'il est.

SCÈNE IX

LES MÊMES, AVEC MARY

MARY: Madame... Monsieur...
MME SMITH: Que voulez-vous?
M. SMITH: Que venez-vous faire ici?
MARY: Que Madame et Monsieur m'excusent... et ces Dames et Messieurs aussi... je voudrais... je voudrais... à mon tour... vous dire une anecdote.
MME MARTIN: Qu'est-ce qu'elle dit?
M. MARTIN: Je crois que la bonne de nos amis devient folle... Elle veut dire elle aussi une anecdote.
LE POMPIER: Pour qui se prend-elle? (*Il la regarde.*) Oh!
MME SMITH: De quoi vous mêlez-vous?
M. SMITH: Vous êtes vraiment déplacée, Mary...
LE POMPIER: Oh! mais c'est elle! Pas possible.
M. SMITH: Et vous?
MARY: Pas possible! ici?
MME SMITH: Qu'est-ce que ça veut dire, tout ça!
M. SMITH: Vous êtes amis?
LE POMPIER: Et comment donc!

Mary se jette au cou du pompier.

MARY: Heureuse de vous revoir... enfin!
M. ET MME SMITH: Oh!
M. SMITH: C'est trop fort, ici, chez nous, dans les environs de Londres.
MME SMITH: Ce n'est pas convenable!...
LE POMPIER: C'est elle qui a éteint mes premiers feux.
MARY: Je suis son petit jet d'eau.
M. MARTIN: S'il en est ainsi... chers amis... ces sentiments sont explicables, humains, honorables...
MME MARTIN: Tout ce qui est humain est honorable.

MME SMITH: Je n'aime quand même pas la voir là... parmi nous...

M. SMITH: Elle n'a pas l'éducation nécessaire...

LE POMPIER: Oh, vous avez trop de préjugés.

MME MARTIN: Moi je pense qu'une bonne, en somme, bien que cela ne me regarde pas, n'est jamais qu'une bonne...

M. MARTIN: Même si elle peut faire, parfois, un assez bon détective.

LE POMPIER: Lâche-moi.

MARY: Ne vous en faites pas!... Ils ne sont pas si méchants que ça.

M. SMITH: Hum... hum... vous êtes attendrissants, tous les deux, mais aussi un peu... un peu...

M. MARTIN: Oui, c'est bien le mot.

M. SMITH: ... Un peu trop voyants...

M. MARTIN: Il y a une pudeur britannique, excusez-moi encore une fois de préciser ma pensée, incomprise des étrangers, même spécialistes, grâce à laquelle, pour m'exprimer ainsi... enfin, je ne dis pas ça pour vous...

MARY: Je voulais vous raconter...

M. SMITH: Ne racontez rien...

MARY: Oh si!

MME SMITH: Allez, ma petite Mary, allez gentiment à la cuisine y lire vos poèmes, devant la glace...

M. MARTIN: Tiens, sans être bonne, moi aussi je lis des poèmes devant la glace.

MME MARTIN: Ce matin, quand tu t'es regardé dans la glace tu ne t'es pas vu.

M. MARTIN: C'est parce que je n'étais pas encore là...

MARY: Je pourrais, peut-être, quand même vous réciter un petit poème.

MME SMITH: Ma petite Mary, vous êtes épouvantablement têtue.

MARY: Je vais vous réciter un poème, alors, c'est entendu? C'est un poème qui s'intitule «le Feu» en l'honneur du Capitaine.

LE FEU

* Les polycandres brillaient dans les bois
Une pierre prit feu
Le château prit feu
La forêt prit feu
Les hommes prirent feu
Les femmes prirent feu
Les oiseaux prirent feu
Les poissons prirent feu
L'eau prit feu
Le ciel prit feu
La cendre prit feu
La fumée prit feu
Le feu prit feu
Tout prit feu
Prit feu, prit feu.

Elle dit le poème poussée par les Smith hors de la pièce

SCÈNE X

LES MÊMES, SANS MARY

MME MARTIN: Ça m'a donné froid dans le dos...
M. MARTIN: Il y a pourtant une certaine chaleur dans ces vers...
LE POMPIER: J'ai trouvé ça merveilleux.
MME SMITH: Tout de même...
M. SMITH: Vous exagérez...
LE POMPIER: Écoutez, c'est vrai... tout ça c'est très subjectif... mais ça c'est ma conception du monde. Mon rêve. Mon idéal... et puis ça me rappelle que je dois partir. Puisque vous n'avez pas l'heure, moi, dans trois quarts d'heure et seize minutes

exactement j'ai un incendie, à l'autre bout de la ville. Il faut que je me dépêche. Bien que ce ne soit pas grand-chose.

MME SMITH: Qu'est-ce que ce sera? Un petit feu de cheminée?

LE POMPIER: Oh même pas. Un feu de paille et une petite brûlure d'estomac.

M. SMITH: Alors, nous regrettons votre départ.

MME SMITH: Vous avez été très amusant.

MME MARTIN: Grâce à vous, nous avons passé un vrai quart d'heure cartésien. *

LE POMPIER (*se dirige vers la sortie, puis s'arrête*): A propos, et la Cantatrice chauve? *

Silence général, gêne.

MME SMITH: Elle se coiffe toujours de la même façon!

LE POMPIER: Ah! Alors au revoir, Messieurs, Dames.

M. MARTIN: Bonne chance, et bon feu!

LE POMPIER: Espérons-le. Pour tout le monde.

Le Pompier s'en va. Tous le conduisent jusqu'à la porte et reviennent à leurs places.

SCÈNE XI

LES MÊMES, SANS LE POMPIER

MME MARTIN: Je peux acheter un couteau de poche pour mon frère, mais vous ne pouvez acheter l'Irelande pour votre grand-père. *

M. SMITH: On marche avec les pieds, mais on se réchauffe à l'électricité ou au charbon.

M. MARTIN: Celui qui vend aujourd'hui un bœuf, demain aura un œuf. *

MME SMITH: Dans la vie, il faut regarder par la fenêtre.

MME MARTIN: On peut s'asseoir sur la chaise, lorsque la chaise n'en a pas.

M. SMITH: Il faut toujours penser à tout.

M. MARTIN: Le plafond est en haut, le plancher est en bas.

MME SMITH: Quand je dis oui, c'est une façon de parler.

MME MARTIN: A chacun son destin.

M. SMITH: Prenez un cercle, caressez-le, il deviendra vicieux!

MME SMITH: Le maître d'école apprend à lire aux enfants, mais la chatte allaite ses petits quand ils sont petits.

MME MARTIN: Cependant que la vache nous donne ses queues.

M. SMITH: Quand je suis à la campagne, j'aime la solitude et le calme.

M. MARTIN: Vous n'êtes pas encore assez vieux pour cela.

MME SMITH: Benjamin Franklin avait raison: vous êtes moins tranquille que lui.

MME MARTIN: Quels sont les sept jours de la semaine?

M. SMITH: Monday, Tuesday, Wednesday, Thursday, Friday, Saturday, Sunday.

M. MARTIN: Edward is a clerck; his sister Nancy is a typist, and his brother William a shop-assistant.

MME SMITH: Drôle de famille!

MME MARTIN: J'aime mieux un oiseau dans un champ qu'une chaussette dans une brouette.

M. SMITH: Plutôt un filet dans un chalet, que du lait dans un palais.

M. MARTIN: La maison d'un Anglais est son vrai palais.

MME SMITH: Je ne sais pas assez d'espagnol pour me faire comprendre.

MME MARTIN: Je te donnerai les pantoufles de ma belle-mère si tu me donnes le cercueil de ton mari.

M. SMITH: Je cherche un prêtre monophysite pour le marier avec notre bonne.

M. MARTIN: Le pain est un arbre tandis que le pain est aussi un arbre, et du chêne naît un chêne, tous les matins à l'aube.

MME SMITH: Mon oncle vit à la campagne mais ça ne regarde pas la sage-femme.

M. MARTIN: Le papier c'est pour écrire, le chat c'est pour le rat. Le fromage c'est pour griffer.

MME SMITH: L'automobile va très vite, mais la cuisinière prépare mieux les plats.

M. SMITH: Ne soyez pas dindons, embrassez plutôt le conspirateur.

M. MARTIN: Charity begins at home.

MME SMITH: J'attends que l'aqueduc vienne me voir à mon moulin.

M. MARTIN: On peut prouver que le progrès social est bien meilleur avec du sucre.

M. SMITH: A bas le cirage!

A la suite de cette dernière réplique de M. Smith, les autres se taisent un instant, stupéfaits. On sent qu'il y a un certain énervement. Les coups que frappe la pendule sont plus nerveux aussi. Les répliques qui suivent doivent être dites, d'abord, sur un ton glacial, hostile. L'hostilité et l'énervement iront en grandissant. A la fin de cette scène, les quatre personnages devront se trouver debout, tout près les uns des autres, criant leurs répliques, levant les poings, prêts à se jeter les uns sur les autres. *

M. MARTIN: On ne fait pas briller ses lunettes avec du cirage noir.

MME SMITH: Oui, mais avec l'argent on peut acheter tout ce qu'on veut.

M. MARTIN: J'aime mieux tuer un lapin que de chanter dans le jardin.

M. SMITH: Kakatoes, kakatoes, kakatoes, kakatoes, kakatoes, kakatoes, kakatoes, kakatoes, kakatoes, kakatoes. *

MME SMITH: Quelle cacade, quelle cacade, quelle cacade, quelle cacade, quelle cacade, quelle cacade, quelle cacade, quelle cacade, quelle cacade.

M. MARTIN: Quelle cascade de cacades, quelle cascade de cacades, quelle cascade de cacades, quelle cascade de cacades, quelle cascade de cacades, quelle cascade de cacades, quelle cascade de cacades, quelle cascade de cacades.

M. SMITH: Les chiens ont des puces, les chiens ont des puces.

MME MARTIN: Cactus, Coccyx! coccus! cocardard! cochon!

MME SMITH: Encaqueur, tu nous encaques.

M. MARTIN: J'aime mieux pondre un œuf que voler un bœuf.

MME MARTIN (*ouvrant tout grand la bouche*): Ah! oh! ah! oh! laissez-moi grincer des dents.

M. SMITH: Caïman!

M. MARTIN: Allons gifler Ulysse.

M. SMITH: Je m'en vais habiter ma Cagna dans mes cacaoyers.

* MME MARTIN: Les cacaoyers des cacaoyères donnent pas des cacahuettes, donnent du cacao! Les cacaoyers des cacaoyères donnent pas des cacahuettes, donnent du cacao! Les cacaoyers des cacaoyères donnent pas des cacahuettes, donnent du cacao.

MME SMITH: Les souris ont des sourcils, les sourcils n'ont pas de souris.

MME MARTIN: Touche pas ma babouche!

M. MARTIN: Bouge pas la babouche!

M. SMITH: Touche la mouche, mouche pas la touche.

MME MARTIN: La mouche bouge.

MME SMITH: Mouche ta bouche.

M. MARTIN: Mouche le chasse-mouche, mouche le chasse-mouche.

M. SMITH: Escarmoucheur escarmouché!

MME MARTIN: Scaramouche!

MME SMITH: Sainte-Nitouche!

M. MARTIN: T'en as une couche!

M. SMITH: Tu m'embouches.

MME MARTIN: Sainte Nitouche touche ma cartouche.

* MME SMITH: N'y touchez pas, elle est brisée.

* M. MARTIN: Sully!

* M. SMITH: Prudhomme!

* MME MARTIN, M. SMITH: François.

MME SMITH, M. MARTIN: Coppée.

MME MARTIN, M. SMITH: Copée Sully!

MME SMITH, M. MARTIN: Prudhomme François.

MME MARTIN: Espèces de glouglouteurs, espèces de glougloutteuses.

M. MARTIN: Mariette, cul de marmite!

MME SMITH: Khrishnamourti, Khrishnamourti, Khrishnamourti! *

M. SMITH: Le pape dérape! Le pape n'a pas de soupape. La soupape a un pape.

MME MARTIN: Bazar, Balzac, Bazaine! *

M. MARTIN: Bizarre, beaux-arts, baisers!

M. SMITH: A, e, i, o, u, a, e, i, o, u, a, e, i, o, u, i!

MME MARTIN: B, c, d, f, g, l, m, n, p, r, s, t, v, w, x, z!

MME MARTIN: De l'ail à leau, du lait à l'ail!

MME SMITH (*imitant le train*): Teuff, teuff, teuff, teuff, teuff, teuff, teuff, teuff, teuff, teuff, teuff!

M. SMITH: C'est!

MME MARTIN: Pas!

M. MARTIN: Par!

MME SMITH: Là!

M. SMITH: C'est!

MME MARTIN: Par!

M. MARTIN: I!

MME SMITH: Ci!

Tous ensemble, au comble de la fureur, hurlent les uns aux oreilles des autres. La lumière s'est éteinte. Dans l'obscurité on entend sur un rythme de plus en plus rapide: *

TOUS ENSEMBLE: C'est pas par là, c'est par ici, c'est pas par là, c'est par ici, c'est pas par là, c'est par ici, c'est pas par là, c'est par ici, c'est pas par là, c'est par ici, c'est pas par là, c'est par ici![1]

[1] A la représentation certaines des répliques de cette dernière scène ont été supprimées ou interchangées. D'autre part le recommencement final — peut-on dire — se faisait toujours avec les Smith, l'auteur n'ayant eu l'idée lumineuse de substituer les Martin aux Smith qu'après la centième représentation.

Les paroles cessent brusquement. De nouveau, lumière. M. et Mme Martin sont assis comme les Smith au début de la pièce. La pièce recommence avec les Martin, qui disent exactement les répliques des Smith dans la 1re scène, tandis que le rideau se ferme doucement.

RIDEAU

La Leçon

*DRAME COMIQUE

PERSONNAGES

LE PROFESSEUR, *50 à 60 ans*
LA JEUNE ÉLÈVE, *18 ans*
LA BONNE, *45 à 50 ans*

DÉCOR

Le cabinet de travail, servant aussi de salle-à-manger, du vieux professeur.

A gauche de la scène, une porte donnant dans les escaliers de l'immeuble; au fond, à droite de la scène, une autre porte menant à un couloir de l'appartement.

Au fond, un peu sur la gauche, une fenêtre, pas très grande, avec des rideaux simples; sur le bord extérieur de la fenêtre des pots de fleurs banales.

On doit apercevoir, dans le lointain, des maisons basses, aux toits rouges: la petite ville. Le ciel est bleu gris. Sur la droite, un buffet rustique. La table sert aussi de bureau: elle se trouve au milieu de la pièce. Trois chaises autour de la table, deux autres des deux côtés de la fenêtre, tapisserie claire, quelques rayons avec des livres.

Au lever du rideau, la scène est vide, elle le restera assez longtemps. Puis on entend la sonnette de la porte d'entrée. On entend la:

VOIX DE LA BONNE (*en coulisse*): Oui. Tout de suite.

Précédant la bonne elle-même, qui, après avoir descendu, en courant, des marches, apparaît. Elle est forte; elle a de 45 à 50 ans, rougeaude, coiffe paysanne.

LA BONNE (*entre en coup de vent, fait claquer derrière elle la porte de droite, s'essuie les mains sur son tablier, tout en courant vers la porte de gauche, cependant qu'on entend un deuxième coup de sonnette*): Patience. J'arrive. (*Elle ouvre la porte. Apparaît la jeune élève, âgée de 18 ans. Tablier gris, petit col blanc, serviette sous le bras.*) Bonjour, Mademoiselle.

L'ÉLÈVE: Bonjour, Madame. Le Professeur est à la maison?

LA BONNE: C'est pour la leçon?

L'ÉLÈVE: Oui, Madame.

LA BONNE: Il vous attend. Asseyez-vous un instant, je vais le prévenir.

L'ÉLÈVE: Merci, Madame.

Elle s'assied près de la table, face au public; à sa gauche, la porte d'entrée; elle tourne le dos à l'autre porte par laquelle, toujours se dépêchant, sort la Bonne, qui appelle:

LA BONNE: Monsieur, descendez, s'il vous plaît. Votre élève est arrivée.

VOIX DU PROFESSEUR (*plutôt fluette*): Merci. Je descends... dans deux minutes...

La Bonne est sortie; l'Élève, tirant sous elle ses jambes, sa serviette sur ses genoux, attend, gentiment; un petit regard ou deux dans la pièce, sur les meubles, au plafond aussi; puis elle tire de sa serviette un cahier, qu'elle feuillette, puis s'arrête plus longtemps sur une page, comme pour répéter la leçon, comme pour jeter un dernier coup d'œil sur ses devoirs. Elle a l'air d'une fille polie, bien élevée, mais bien vivante, gaie, dynamique; un sourire frais sur les lèvres; au cours du drame qui va se jouer, elle ralentira progressivement le rythme vif de ses mouvements, de son allure, elle devra se refouler; de gaie et souriante, elle deviendra progressivement triste, morose; très vivante au début, elle sera de plus en plus fatiguée, somnolente; vers la fin du drame sa figure devra exprimer nettement une dépression nerveuse; sa façon de parler s'en ressentira, sa langue se fera pâteuse, les mots reviendront difficilement dans sa mémoire et sortiront, tout aussi difficilement, de sa bouche; elle aura l'air vaguement paralysée, début d'aphasie; volontaire au début, jusqu'à en paraître presque agressive, elle se fera de plus en plus passive, jusqu'à ne plus être qu'un objet mou et inerte, semblant inanimée, entre les mains du Professeur; si bien que lorsque celui-ci en sera arrivé à accomplir le geste final, l'Élève ne réagira plus; insensibilisée elle n'aura plus de réflexes; seuls ses yeux, dans une figure immobile, exprimeront un étonnement et une frayeur indicibles; le passage d'un comportement à l'autre devra se faire, bien entendu, insensiblement.

Le Professeur entre. C'est un petit vieux à barbiche blanche; il a des lorgnons, une calotte noire, il porte une longue blouse noire de maître d'école, pantalons et souliers noirs, faux col blanc, cravate noire. Excessivement poli, très timide, voix assourdie par la timidité, très correct, très professeur. Il se frotte tout le temps les mains; de temps à autre, une lueur lubrique dans les yeux, vite réprimée.

Au cours du drame, sa timidité disparaîtra progressivement, insensiblement; les lueurs lubriques de ses yeux finiront par devenir une flamme dévorante, ininterrompue; d'apparence plus qu'inoffensive au début de l'action, le Professeur deviendra de plus en plus sûr de lui, nerveux, agressif, dominateur, jusqu'à se jouer comme il lui plaira de son élève, devenue entre ses mains, une pauvre chose. Évidemment la voix du Professeur devra elle aussi devenir, de maigre et fluette, de plus en plus forte, et, à la fin, extrêmement puissante, éclatante, clairon sonore, tandis que la voix de l'Élève se fera presque inaudible, de très claire et bien timbrée qu'elle aura été au début du drame. Dans les premières scènes, le Professeur bégayera, très légèrement, peut-être.

LE PROFESSEUR: Bonjour Mademoiselle... C'est vous, c'est bien vous, n'est-ce pas, la nouvelle élève?

L'ÉLÈVE (*se retourne vivement, l'air très dégagée, jeune fille du monde; elle se lève, s'avance vers le Professeur, lui tend la main*): Oui, Monsieur. Bonjour, Monsieur. Vous voyez, je suis venue à l'heure. Je n'ai pas voulu être en retard.

LE PROFESSEUR: C'est bien, Mademoiselle. Merci, mais il ne fallait pas vous presser. Je ne sais comment m'excuser de vous avoir fait attendre... Je finissais justement... n'est-ce pas de... Je m'excuse... Vous m'excuserez...

L'ÉLÈVE: Il ne faut pas, Monsieur. Il n'y a aucun mal, Monsieur.

LE PROFESSEUR: Mes excuses... Vous avez eu de la peine à trouver la maison?

L'ÉLÈVE: Du tout... Pas du tout. Et puis j'ai demandé. Tout le monde vous connaît ici.

LE PROFESSEUR: Il y a trente ans que j'habite la ville. Vous n'y êtes pas depuis longtemps! Comment la trouvez-vous?

L'ÉLÈVE: Elle ne me déplaît nullement. C'est une jolie ville, agréable, un joli parc, un pensionnat, un évêque, de beaux magasins, des rues, des avenues...

LE PROFESSEUR: C'est vrai, Mademoiselle. Pourtant j'aimerais autant vivre autre part. A Paris, ou au moins à Bordeaux.

L'ÉLÈVE: Vous aimez Bordeaux?

LE PROFESSEUR: Je ne sais pas. Je ne connais pas.

L'ÉLÈVE: Mais vous connaissez Paris?

LE PROFESSEUR: Non plus, Mademoiselle, mais, si vous me le permettez, pourriez-vous me dire, Paris, c'est le chef-lieu de... Mademoiselle?

L'ÉLÈVE (*cherche un instant, puis heureuse de savoir*): Paris, c'est le chef-lieu de... la France?

LE PROFESSEUR: Mais oui, Mademoiselle, bravo, mais c'est très bien, c'est parfait. Mes félicitations. Vous connaissez votre géographie nationale sur le bout des ongles. Vos chefs-lieux.

L'ÉLÈVE: Oh! je ne les connais pas tous encore, Monsieur, ce n'est pas si facile que ça, j'ai du mal à les apprendre.

LE PROFESSEUR: Oh, ça viendra... Du courage... Mademoiselle ... Je m'excuse... de la patience... doucement, doucement... Vous verrez, ça viendra... Il fait beau aujourd'hui... ou plutôt pas tellement... Oh! si quand même. Enfin, il ne fait pas trop mauvais, c'est le principal... Euh... euh... Il ne pleut pas, il ne neige pas non plus.

L'ÉLÈVE: Ce serait bien étonnant, car nous sommes en été.

LE PROFESSEUR: Je m'excuse, Mademoiselle, j'allais vous le dire... mais vous apprendrez que l'on peut s'attendre à tout.

L'ÉLÈVE: Évidemment, Monsieur.

LE PROFESSEUR: Nous ne pouvons être sûrs de rien, Mademoiselle, en ce monde.

L'ÉLÈVE: La neige tombe l'hiver. L'hiver, c'est une des quatre saisons. Les trois autres sont... euh... le prin...

LE PROFESSEUR: Oui?

L'ÉLÈVE: ...temps, et puis l'été... et... euh...

LE PROFESSEUR: Ça commence comme automobile, Mademoiselle.

L'ÉLÈVE: Ah, oui, l'automne...

LE PROFESSEUR: C'est bien cela, Mademoiselle, très bien répondu, c'est parfait. Je suis convaincu que vous serez une bonne élève. Vous ferez des progrès. Vous êtes intelligente, vous me paraissez instruite, bonne mémoire.

L'ÉLÈVE: Je connais mes saisons, n'est-ce pas, Monsieur?

LE PROFESSEUR: Mais oui, Mademoiselle, ... ou presque. Mais ça viendra. De toute façon c'est déjà bien. Vous arriverez à les connaître, toutes vos saisons, les yeux fermés. Comme moi.

L'ÉLÈVE: C'est difficile.

LE PROFESSEUR: Oh, non. Il suffit d'un petit effort, de la bonne volonté, Mademoiselle. Vous verrez. Ça viendra, soyez-en sûre.

L'ÉLÈVE: Oh, je voudrais bien, Monsieur. J'ai une telle soif de m'instruire. Mes parents aussi désirent que j'approfondisse mes connaissances. Ils veulent que je me spécialise. Ils pensent qu'une simple culture générale, même si elles est solide, ne suffit plus, à notre époque.

LE PROFESSEUR: Vos parents, Mademoiselle, ont parfaitement raison. Vous devez pousser vos études. Je m'excuse de vous le dire, mais c'est une chose nécessaire. La vie contemporaine est devenue très complexe.

L'ÉLÈVE: Et tellement compliquée... Mes parents sont assez fortunés, j'ai de la chance. Ils pourront m'aider à travailler, à faire des études très supérieures.

LE PROFESSEUR: Et vous voudriez vous présenter...

L'ÉLÈVE: Le plus tôt possible, au premier concours de doctorat. *
C'est dans trois semaines.

LE PROFESSEUR: Vous avez déjà votre baccalauréat, si vous me permettez de vous poser la question.

L'ÉLÈVE: Oui, Monsieur, j'ai mon bachot sciences, et mon *
bachot lettres.

LE PROFESSEUR: Oh, mais vous êtes très avancée, même trop avancée pour votre âge. Et quel doctorat voulez-vous passer? Sciences matérielles ou philosophie normale?

L'ÉLÈVE: Mes parents voudraient bien, si vous croyez que cela est possible en si peu de temps, ils voudraient bien que je passe
* mon doctorat total.

LE PROFESSEUR: Le doctorat total?... Vous avez beaucoup de courage, Mademoiselle, je vous félicite sincèrement. Nous tâcherons, Mademoiselle, de faire de notre mieux. D'ailleurs, vous êtes déjà assez savante. A un si jeune âge.

L'ÉLÈVE: Oh, Monsieur.

LE PROFESSEUR: Alors si vous voulez bien me permettre, mes excuses, je vous dirais qu'il faut se mettre au travail. Nous n'avons guère de temps à perdre.

L'ÉLÈVE: Mais au contraire, Monsieur, je le veux bien. Et même je vous en prie.

LE PROFESSEUR: Puis-je donc vous demander de vous asseoir... là... Voulez-vous me permettre, Mademoiselle, si vous n'y voyez pas d'inconvénients, de m'asseoir en face de vous?

L'ÉLÈVE: Certainement, Monsieur. Je vous en prie.

LE PROFESSEUR: Merci bien, Mademoiselle. (*Ils s'assoient l'un en face de l'autre, à table, de profil à la salle.*) Voilà. Vous avez vos livres, vos cahiers?

L'ÉLÈVE (*sortant des cahiers et des livres de sa serviette*): Oui, Monsieur. Bien sûr, j'ai là tout ce qu'il faut.

LE PROFESSEUR: Parfait, Mademoiselle. C'est parfait. Alors, si cela ne vous ennuie pas... pouvons-nous commencer?

L'ÉLÈVE: Mais oui, Monsieur, je suis à votre disposition, Monsieur.

LE PROFESSEUR: A ma disposition?... (*Lueur dans les yeux vite éteinte, un geste, qu'il réprime.*) Oh, Mademoiselle, c'est moi qui suis à votre disposition. Je ne suis que votre serviteur.

L'ÉLÈVE: Oh, Monsieur...

LE PROFESSEUR: Si vous voulez bien... alors... nous... nous... je... je commencerai par faire un examen sommaire de vos connaissances passées et présentes, afin de pouvoir en dégager la voie future... Bon. Où en est votre perception de la pluralité?

L'ÉLÈVE: Elle est assez vague... confuse.

LE PROFESSEUR: Bon. Nous allons voir ça.

Il se frotte les mains. La Bonne entre, ce qui a l'air d'irriter le Professeur; elle se dirige vers le buffet, y cherche quelque chose, s'attarde.

LE PROFESSEUR: Voyons, Mademoiselle, voulez-vous que nous fassions un peu d'arithmétique, si vous voulez bien...

L'ÉLÈVE: Mais oui, Monsieur. Certainement, je ne demande que ça.

LE PROFESSEUR: C'est une science assez nouvelle, une science moderne, à proprement parler, c'est plutôt une méthode qu'une science... C'est aussi une thérapeutique. (*A la Bonne.*) Marie, est-ce que vous avez fini?

LA BONNE: Oui, Monsieur, j'ai trouvé l'assiette. Je m'en vais...

LE PROFESSEUR: Dépêchez-vous. Allez à votre cuisine, s'il vous plaît.

LA BONNE: Oui, Monsieur. J'y vais.

Fausse sortie de la Bonne.

LA BONNE: Excusez-moi, Monsieur, mais attention, je vous recommande le calme.

LE PROFESSEUR: Vous êtes ridicule, Marie, voyons. Ne vous inquiétez pas.

LA BONNE: On dit toujours ça.

LE PROFESSEUR: Je n'admets pas vos insinuations. Je sais parfaitement comment me conduire. Je suis assez vieux pour cela.

LA BONNE: Justement, Monsieur. Vous feriez mieux de ne pas commencer par l'arithmétique avec Mademoiselle. L'arithmétique ça fatigue, ça énerve.

LE PROFESSEUR: Plus à mon âge. Et puis de quoi vous mêlez-vous? C'est mon affaire. Et je la connais. Votre place n'est pas ici.

LA BONNE: C'est bien, Monsieur. Vous ne direz pas que je ne vous ai pas averti.

LE PROFESSEUR: Marie, je n'ai que faire de vos conseils.

LA BONNE: C'est comme Monsieur veut.

Elle sort.

LE PROFESSEUR: Excusez-moi, Mademoiselle, pour cette sotte interruption... Excusez cette femme... Elle a toujours peur que je me fatigue. Elle craint pour ma santé.

L'ÉLÈVE: Oh, c'est tout excusé, Monsieur. Ça prouve qu'elle vous est dévouée. Elle vous aime bien. C'est rare, les bons domestiques.

* LE PROFESSEUR: Elle exagère. Sa peur est stupide. Revenons à nos moutons arithmétiques.

L'ÉLÈVE: Je vous suis, Monsieur.

LE PROFESSEUR (*spirituel*): Tout en restant assise!

L'ÉLÈVE (*appréciant le mot d'esprit*): Comme vous, Monsieur.

LE PROFESSEUR: Bon. Arithmétisons donc un peu.

L'ÉLÈVE: Oui, très volontiers, Monsieur.

LE PROFESSEUR: Cela ne vous ennuierait pas de me dire...

L'ÉLÈVE: Du tout, Monsieur, allez-y.

LE PROFESSEUR: Combien font un et un?

L'ÉLÈVE: Un et un font deux.

LE PROFESSEUR (*émerveillé par le savoir de l'Élève*): Oh, mais c'est très bien. Vous me paraissez très avancée dans vos études. Vous aurez facilement votre doctorat total, Mademoiselle.

L'ÉLÈVE: Je suis bien contente. D'autant plus que c'est vous qui le dites.

LE PROFESSEUR: Poussons plus loin: combien font deux et un?

L'ÉLÈVE: Trois.

LE PROFESSEUR: Trois et un?

L'ÉLÈVE: Quatre.

LE PROFESSEUR: Quatre et un?

L'ÉLÈVE: Cinq.

LE PROFESSEUR: Cinq et un?

L'ÉLÈVE: Six.

LE PROFESSEUR: Six et un?

L'ÉLÈVE: Sept.

LE PROFESSEUR: Sept et un?

L'ÉLÈVE: Huit.

LE PROFESSEUR: Sept et un?

L'ÉLÈVE: Huit... *bis.* *

LE PROFESSEUR: Très bonne réponse. Sept et un?

L'ÉLÈVE: Huit *ter.* *

LE PROFESSEUR: Parfait. Excellent. Sept et un?

L'ÉLÈVE: Huit *quater.* Et parfois neuf. *

LE PROFESSEUR: Magnifique. Vous êtes magnifique. Vous êtes exquise. Je vous félicite chaleureusement, Mademoiselle. Ce n'est pas la peine de continuer. Pour l'addition, vous êtes magistrale. Voyons la soustraction. Dites-moi, seulement, si vous n'êtes pas épuisée, combien font quatre moins trois?

L'ÉLÈVE: Quatre moins trois?... Quatre moins trois?

LE PROFESSEUR: Oui. Je veux dire: retirez trois de quatre.

L'ÉLÈVE: Ça fait... sept?

LE PROFESSEUR: Je m'excuse d'être obligé de vous contredire. Quatre moins trois ne font pas sept. Vous confondez: quatre plus trois font sept, quatre moins trois ne font pas sept... Il ne s'agit plus d'additionner, il faut soustraire maintenant.

L'ÉLÈVE (*s'efforce de comprendre*): Oui... oui...

LE PROFESSEUR: Quatre moins trois font... Combien?... Combien?

L'ÉLÈVE: Quatre?

LE PROFESSEUR: Non, Mademoiselle, ce n'est pas ça.

L'ÉLÈVE: Trois, alors.

LE PROFESSEUR: Non plus, Mademoiselle... Pardon, je dois le dire... Ça ne fait pas ça... mes excuses.

L'ÉLÈVE: Quatre moins trois... Quatre moins trois... Quatre moins trois?... Ça ne fait tout de même pas dix?

LE PROFESSEUR: Oh, certainement pas, Mademoiselle. Mais il ne s'agit pas de deviner, il faut raisonner. Tâchons de le déduire ensemble. Voulez-vous compter?

L'ÉLÈVE: Oui, Monsieur. Un..., deux..., euh...

LE PROFESSEUR: Vous savez bien compter? Jusqu'à combien savez-vous compter?

L'ÉLÈVE: Je puis compter... à l'infini.

LE PROFESSEUR: Cela n'est pas possible, Mademoiselle.

L'ÉLÈVE: Alors, mettons jusqu'à seize.

LE PROFESSEUR: Cela suffit. Il faut savoir se limiter. Comptez donc, s'il vous plaît, je vous en prie.

L'ÉLÈVE: Un..., deux..., et puis après deux, il y a trois... quatre...

LE PROFESSEUR: Arrêtez-vous, Mademoiselle. Quel nombre est plus grand? Trois ou quatre?

L'ÉLÈVE: Euh... trois ou quatre? Quel est le plus grand? Le plus grand de trois ou quatre? Dans quel sens le plus grand?

LE PROFESSEUR: Il y a des nombres plus petits et d'autres plus grands. Dans les nombres plus grands il y a plus d'unités que dans les petits...

L'ÉLÈVE: ...Que dans les petits nombres?

LE PROFESSEUR: A moins que les petits aient des unités plus petites. Si elles sont toutes petites, il se peut qu'il y ait plus d'unités dans les petits nombres que dans les grands... s'il s'agit d'autres unités...

L'ÉLÈVE: Dans ce cas, les petits nombres peuvent être plus grands que les grands nombres?

LE PROFESSEUR: Laissons cela. Ça nous mènerait beaucoup trop loin: sachez seulement qu'il n'y a pas que des nombres... il y a aussi des grandeurs, des sommes, il y a des groupes, il y a des tas, des tas de choses telles que les prunes, les wagons, les oies, les pépins, etc. Supposons simplement pour faciliter notre travail, que nous n'avons que des nombres égaux, les plus grands seront ceux qui auront le plus d'unités égales.

L'ÉLÈVE: Celui qui en aura le plus sera le plus grand? Ah, je comprends, Monsieur, vous identifiez la qualité à la quantité.

LE PROFESSEUR: Cela est trop théorique, Mademoiselle, trop théorique. Vous n'avez pas à vous inquiéter de cela. Prenons notre exemple et raisonnons sur ce cas précis. Laissons pour plus tard les conclusions générales. Nous avons le nombre quatre et le nombre trois, avec chacun un nombre toujours égal d'unités; quel nombre sera le plus grand, le nombre plus petit ou le nombre plus grand?

L'ÉLÈVE: Excusez-moi, Monsieur... Qu'entendez-vous par le nombre le plus grand? Est-ce celui qui est moins petit que l'autre?

LE PROFESSEUR: C'est ça, Mademoiselle, parfait. Vous m'avez très bien compris.

L'ÉLÈVE: Alors, c'est quatre.

LE PROFESSEUR: Qu'est-ce qu'il est, le quatre? Plus grand ou plus petit que trois?

L'ÉLÈVE: Plus petit... non, plus grand.

LE PROFESSEUR: Excellente réponse. Combien d'unités avez-vous de trois à quatre?... ou de quatre à trois, si vous préférez?

L'ÉLÈVE: Il n'y a pas d'unités, Monsieur, entre trois et quatre. Quatre vient tout de suite après trois; il n'y a rien du tout entre trois et quatre!

LE PROFESSEUR: Je me suis mal fait comprendre. C'est sans doute ma faute. Je n'ai pas été assez clair.

L'ÉLÈVE: Non, Monsieur, la faute est mienne.

LE PROFESSEUR: Tenez. Voici trois allumettes. En voici encore une, ça fait quatre. Regardez bien, vous en avez quatre, j'en retire une, combien vous en reste-t-il?

On ne voit pas les allumettes, ni aucun des objects, d'ailleurs, dont il est question; le Professeur se lèvera de table, écrira sur un tableau inexistant avec une craie inexistante, etc.

L'ÉLÈVE: Cinq. Si trois et un font quatre quatre, et un font cinq.

LE PROFESSEUR: Ce n'est pas ça. Ce n'est pas ça du tout. Vous avez toujours tendance à additionner. Mais il faut aussi soustraire. Il ne faut pas uniquement intégrer. Il faut aussi désintégrer. C'est ça la vie. C'est ça la philosophie. C'est ça la science. C'est ça le progrès, la civilization.

L'ÉLÈVE: Oui, Monsieur.

LE PROFESSEUR: Revenons à nos allumettes. J'en ai donc quatre. Vous voyez, elles sont bien quatre. J'en retire une, il n'en reste plus que...

L'ÉLÈVE: Je ne sais pas, Monsieur.

LE PROFESSEUR: Voyons, réfléchissez. Ce n'est pas facile, je l'admets. Pourtant, vous êtes assez cultivée pour pouvoir faire l'effort intellectuel demandé et parvenir à comprendre. Alors?

L'ÉLÈVE: Je n'y arrive pas, Monsieur. Je ne sais pas, Monsieur.

LE PROFESSEUR: Prenons des exemples plus simples. Si vous aviez eu deux nez, et je vous en aurais arraché un... combien vous en resterait-il maintenant?

L'ÉLÈVE: Aucun.

LE PROFESSEUR: Comment aucun?

L'ÉLÈVE: Oui, c'est justement parce que vous n'en avez arraché aucun, que j'en ai un maintenant. Si vous l'aviez arraché, je ne l'aurais plus.

LE PROFESSEUR: Vous n'avez pas compris mon exemple. Supposez que vous n'avez qu'une seule oreille.

L'ÉLÈVE: Oui, après?

LE PROFESSEUR: Je vous en ajoute une, combien en auriez-vous?

L'ÉLÈVE: Deux.

LE PROFESSEUR: Bon. Je vous en ajoute encore une. Combien en auriez-vous?

L'ÉLÈVE: Trois oreilles.

LE PROFESSEUR: J'en enlève une... Il vous reste... combien d'oreilles?

L'ÉLÈVE: Deux.

LE PROFESSEUR: Bon. J'en enlève encore une, combien vous en reste-t-il?

L'ÉLÈVE: Deux.

LE PROFESSEUR: Non. Vous en avez deux, j'en prends une, je vous en mange une, combien vous en reste-t-il?

L'ÉLÈVE: Deux.

LE PROFESSEUR: J'en mange une... une.

L'ÉLÈVE: Deux.

LE PROFESSEUR: Une.

L'ÉLÈVE: Deux.

LE PROFESSEUR: Une!

L'ÉLÈVE: Deux!

LE PROFESSEUR: Une!!!

L'ÉLÈVE: Deux!!!

LE PROFESSEUR: Une!!!

L'ÉLÈVE: Deux!!!

LE PROFESSEUR: Une!!!

L'ÉLÈVE: Deux!!!

LE PROFESSEUR: Non. Non. Ce n'est pas ça. L'exemple n'est pas... n'est pas convaincant. Écoutez-moi.

L'ÉLÈVE: Oui, Monsieur.

LE PROFESSEUR: Vous avez... vous avez... vous avez...

L'ÉLÈVE: Dix doigts!...

LE PROFESSEUR: Si vous voulez. Parfait. Bon. Vous avez donc dix doigts.

L'ÉLÈVE: Oui, Monsieur.

LE PROFESSEUR: Combien en auriez-vous, si vous en aviez cinq?

L'ÉLÈVE: Dix, Monsieur.

LE PROFESSEUR: Ce n'est pas ça!

L'ÉLÈVE: Si, Monsieur.

LE PROFESSEUR: Je vous dis que non!

L'ÉLÈVE: Vous venez de me dire que j'en ai dix...

LE PROFESSEUR: Je vous ai dit aussi, tout de suite après, que vous en aviez cinq!

L'ÉLÈVE: Je n'en ai pas cinq, j'en ai dix!

LE PROFESSEUR: Procédons autrement... Limitons-nous aux nombres de un à cinq, pour la soustraction... Attendez, Mademoiselle, vous allez voir. Je vais vous faire comprendre. (*Le Professeur se met à écrire à un tableau noir imaginaire. Il l'approche de l'Élève, qui se retourne pour regarder.*) Voyez, Mademoiselle... (*Il fait semblant de dessiner au tableau noir, un bâton; il fait semblant d'écrire au-dessous le chiffre 1; puis deux bâtons, sous lesquels il fait le chiffre 2, puis en-dessous, le chiffre 3, puis quatre bâtons au-dessous desquels il fait le chiffre 4.*) Vous voyez...

L'ÉLÈVE: Oui, Monsieur.

LE PROFESSEUR: Ce sont des bâtons, Mademoiselle, des bâtons. Ici c'est un bâton; là ce sont deux bâtons; là, trois bâtons, puis quatre bâtons, puis cinq bâtons. Un bâton, deux bâtons, trois bâtons, quatre et cinq bâtons, ce sont des nombres. Quand on compte des bâtons, chaque bâton est une unité, Mademoiselle... Qu'est-ce que je viens de dire?

L'ÉLÈVE: «Une unité, Mademoiselle! Qu'est-ce que je viens de dire?»

LE PROFESSEUR: Ou des chiffres! Ou des nombres! Un, deux, trois, quatre, cinq, ce sont des éléments de la numération, Mademoiselle.

L'ÉLÈVE (*hésitante*): Oui, Monsieur. Des éléments, des chiffres, qui sont des bâtons, des unités et des nombres...

LE PROFESSEUR: A la fois... C'est-à-dire, en définitive toute l'arithmétique elle-même est là.

L'ÉLÈVE: Oui, Monsieur. Bien, Monsieur. Merci, Monsieur.

LE PROFESSEUR: Alors, comptez, si vous voulez, en vous servant de ces éléments... additionnez et soustrayez...

L'ÉLÈVE (*comme pour imprimer dans sa mémoire*): Les bâtons sont bien des chiffres et les nombres, des unités?

LE PROFESSEUR: Hum... si l'on peut dire. Et alors?

L'ÉLÈVE: On peut soustraire deux unités de trois unités, mais peut-on soustraire deux deux de trois trois? et deux chiffres de quatre nombres? et trois nombres d'une unité?

LE PROFESSEUR: Non, Mademoiselle.

L'ÉLÈVE: Pourquoi, Monsieur?

* LE PROFESSEUR: Parce que, Mademoiselle.

L'ÉLÈVE: Parce que quoi, Monsieur? Puisque les uns sont bien les autres?

LE PROFESSEUR: Il en est ainsi, Mademoiselle. Ça ne s'explique pas. Ça se comprend par un raisonnement mathématique intérieur. On l'a ou on ne l'a pas.

L'ÉLÈVE: Tant pis!

LE PROFESSEUR: Écoutez-moi, Mademoiselle, si vous n'arrivez

pas à comprendre profondément ces principes, ces archétypes arithmétiques, vous n'arriverez jamais à faire correctement un travail de polytechnicien. Encore moins ne pourra-t-on vous charger d'un cours à l'École polytechnique... ni à la maternelle supérieure. Je reconnais que ce n'est pas facile, c'est très, très abstrait... évidemment... mais comment pourriez-vous arriver, avant d'avoir bien approfondi les éléments premiers, à calculer mentalement combien font, et ceci est la moindre des choses pour un ingénieur moyen — combien font, par exemple, trois milliards sept cent cinquante-cinq millions neuf cent quatrevingt-dix-huit mille deux cent cinquante et un, multiplié par cinq milliards cent soixante-deux millions trois cent trois mille cinq cent huit? * *

L'ÉLÈVE (*très vite*): Ça fait dix-neuf quintillions trois cent quatre-vingt-dix quadrillions deux trillions huit cent quarante-quatre milliards deux cent dix-neuf millions, cent soixante-quatre mille cinq cent huit...

LE PROFESSEUR (*étonné*): Non. Je ne pense pas. Ça doit faire dix-neuf quintillions trois cent quatre-vingt-dix quadrillions deux trillions huit cent quarante-quatre milliards deux cent dix-neuf millions cent soixante-quatre mille cinq cent neuf...

L'ÉLÈVE: ... Non... cinq cent huit...

LE PROFESSEUR (*de plus en plus étonné, calcule mentalement*): Oui... Vous avez raison... le produit est bien... (*Il bredouille inintelligiblement.*) ... quintillions, quadrillions, trillions, milliards, millions... (*Distinctement.*) ...cent soixante-quatre mille cinq cent huit... (*Stupéfait.*) Mais comment le savez-vous, si vous ne connaissez pas les principes du raisonnement arithmétique?

L'ÉLÈVE: C'est simple. Ne pouvant me fier à mon raisonnement, j'ai appris par cœur tous les résultats possibles de toutes les multiplications possibles.

LE PROFESSEUR: C'est assez fort... Pourtant, vous me permettrez de vous avouer que cela ne me satisfait pas, Mademoiselle, et je ne vous féliciterai pas: en mathématiques et en arithmétique tout spécialement, ce qui compte — car en arithmétique il faut toujours compter — ce qui compte, c'est surtout de comprendre... C'est par un raisonnement mathématique, inductif et déductif à la fois, que vous auriez dû trouver ce résultat — ainsi que tout autre résultat. Les mathématiques sont les ennemies acharnées de la mémoire, excellente par ailleurs, mais néfaste, arithmétiquement parlant!... Je ne suis donc pas content... ça ne va donc pas, mais pas du tout...

L'ÉLÈVE (*désolée*): Non, Monsieur.

LE PROFESSEUR: Laissons cela pour le moment. Passons à un autre genre d'exercices...

L'ÉLÈVE: Oui, Monsieur.

LA BONNE (*entrant*): Hum, hum, Monsieur...

LE PROFESSEUR (*qui n'entend pas*): C'est dommage, Mademoiselle, que vous soyez si peu avancée en mathématiques spéciales...

LA BONNE (*le tirant par la manche*): Monsieur! Monsieur!

LE PROFESSEUR: Je crains que vous ne puissiez vous présenter au concours du doctorat total...

L'ÉLÈVE: Oui, Monsieur, dommage!

LE PROFESSEUR: Au moins si vous... (*A la Bonne.*) Mais laissez-moi, Marie... Voyons, de quoi vous mêlez-vous? A la cuisine! A votre vaisselle! Allez! Allez! (*A l'Élève.*) Nous tâcherons * de vous préparer pour le passage, au moins, du doctorat partiel...

LA BONNE: Monsieur!... Monsieur!...

Elle le tire par la manche.

LE PROFESSEUR (*à la Bonne*): Mais lâchez-moi donc! Lâchez-moi! Qu'est-ce que ça veut dire?... (*A l'Élève.*) Je dois donc vous enseigner, si vous tenez vraiment à vous présenter au doctorat partiel...

L'ÉLÈVE: Oui, Monsieur.

LE PROFESSEUR: ... les éléments de la linguistique et de la philologie comparée...

LA BONNE: Non, Monsieur, non!... Il ne faut pas!...

LE PROFESSEUR: Marie, vous exagérez!

LA BONNE: Monsieur, surtout pas de philologie, la philologie mène au pire...

L'ÉLÈVE (*étonnée*): Au pire? (*Souriant, un peu bête.*) En voilà une histoire!

LE PROFESSEUR (*à la Bonne*): C'est trop fort! Sortez!

LA BONNE: Bien, Monsieur, bien. Mais vous ne direz pas que je ne vous ai pas averti! La philologie mène au pire!

LE PROFESSEUR: Je suis majeur, Marie!

L'ÉLÈVE: Oui, Monsieur.

LA BONNE: C'est comme vous voudrez!

Elle sort.

LE PROFESSEUR: Continuons, Mademoiselle.

L'ÉLÈVE: Oui, Monsieur.

LE PROFESSEUR: Je vais donc vous prier d'écouter avec la plus grande attention mon cours, tout préparé...

L'ÉLÈVE: Oui, Monsieur!

LE PROFESSEUR: ... Grâce auquel, en quinze minutes, vous pouvez acquérir les principes fondamentaux de la philologie linquistique et comparée des langues néo-espagnoles.

L'ÉLÈVE: Oui, Monsieur, oh!

Elle frappe dans les mains.

LE PROFESSEUR (*avec autorité*): Silence! Que veut dire cela?

L'ÉLÈVE: Pardon, Monsieur.

Lentement, elle remet ses mains sur la table.

LE PROFESSEUR: Silence! (*Il se lève, se promène dans la chambre, les mains derrière le dos; de temps en temps, il s'arrête, au milieu de la pièce ou auprès de l'Élève, et appuie ses paroles d'un geste de la main; il pérore, sans trop charger; l'Élève le suit du regard et a, parfois, certaine difficulté à le suivre car elle doit beaucoup tourner la tête; une ou deux fois, pas plus, elle se retourne complètement.*) Ainsi donc, Mademoiselle, l'espagnol est bien la langue mère d'où sont nées toutes les langues néo-espagnoles, dont l'espagnol, le latin, l'italien, notre français, le portugais, le roumain, le sarde ou sardanapale, l'espagnol et le néo-espagnol — et aussi, pour * certains de ses aspects, le turc lui-même plus rapproché cependant du grec, ce qui est tout à fait logique, étant donné que la Turquie est voisine de la Grèce et la Grèce plus près de la Turquie que vous et moi: ceci n'est qu'une illustration de plus d'une loi linguistique très importante, selon laquelle: géographie et philologie sont sœurs jumelles... Vous pouvez prendre note, Mademoiselle.

L'ÉLÈVE (*d'une voix éteinte*): Oui, Monsieur!

LE PROFESSEUR: Ce qui distingue les langues néo-espagnoles entre elles et leurs idiomes des autres groupes linguistiques, tels que le groupe des langues autrichiennes et néo-autrichiennes ou habsbourgiques, aussi bien que des groupes espérantiste, helvétique, monégasque, suisse, andorrien, basque, pelote, aussi bien encore que des groupes des langues diplomatique et technique — ce qui les distingue, dis-je, c'est leur ressemblance frappante qui fait qu'on a bien du mal à les distinguer l'une de l'autre — je parle des langues néo-espagnoles entre elles, que l'on arrive à distinguer, cependant, grâce à leurs caractères distinctifs, preuves absolument indiscutables de l'extraordinaire ressemblance, qui rend indiscutable leur communauté d'origine, et qui, en même temps, les différencie profondément — par le maintien des traits distinctifs dont je viens de parler.

L'ÉLÈVE: Oooh! oouuii, Monsieur!

LE PROFESSEUR: Mais ne nous attardons pas dans les généralités...

L'ELÈVE (*regrettant, séduite*): Oh, Monsieur...

LE PROFESSEUR: — Cela a l'air de vous intéresser. Tant mieux, tant mieux.

L'ÉLÈVE: Oh, oui, Monsieur...

LE PROFESSEUR: Ne vous inquiétez pas, Mademoiselle. Nous y
* reviendrons plus tard... à moins que ce ne soit plus du tout. Qui pourrait le dire?

L'ÉLÈVE (*enchantée, malgré tout*): Oh, oui, Monsieur.

LE PROFESSEUR: Toute langue, Mademoiselle, sachez-le, souvenez-vous-en *jusqu'à l'heure de votre mort*...

L'ÉLÈVE: — Oh! oui, Monsieur, jusqu'à l'heure de ma mort... Oui, Monsieur...

LE PROFESSEUR: ...et ceci est encore un principe fondamental, toute langue n'est en somme qu'un langage, ce qui implique nécessairement qu'elle se compose de sons, ou...

L'ÉLÈVE: Phonèmes...

LE PROFESSEUR: J'allais vous le dire. N'étalez donc pas votre votre savoir. Écoutez, plutôt.

L'ÉLÈVE: Bien, Monsieur. Oui, Monsieur.

LE PROFESSEUR: Les sons, Mademoiselle, doivent être saisis au vol par les ailes pour qu'ils ne tombent pas dans les oreilles des sourds. Par conséquent, lorsque vous vous décidez d'articuler, il est recommandé, dans la mesure du possible, de lever très haut le cou et le menton, de vous élever sur la pointe des pieds, tenez, ainsi vous voyez...

L'ÉLÈVE: Oui, Monsieur.

LE PROFESSEUR: Taisez-vous. Restez assise, n'interrompez pas... Et d'émettre les sons très haut et de toute la force de vos poumons associée à celle de vos cordes vocales. Comme cecis regardez: «Papillon», «Euréka», «Trafalgar», «papi, papa». De, cette façon, les sons remplis d'un air chaud plus léger que l'air environnant voltigeront, voltigeront sans plus risquer de tomber dans les oreilles des sourds qui sont les véritables gouffres, les tombeaux des sonorités. Si vous émettez plusieurs sons à une vitesse accélérée, ceux-ci s'agripperont les uns aux autres automatiquement, constituant ainsi des syllabes, des mots, à la rigueur des phrases, c'est-à-dire des groupements plus ou moins importants, des assemblages purement irrationnels de sons, dénués de tout sens, mais justement pour cela capables de se maintenir sans danger à une altitude élevée dans les airs. Seuls, tombent les mots chargés de signification, alourdis par leur sens, qui finissent toujours par succomber, s'écrouler....

L'ÉLÈVE: ... dans les oreilles des sourds.

LE PROFESSEUR: C'est ça, mais n'interrompez pas... et dans la pire confusion... Ou par crever comme des ballons. Ainsi donc,

Mademoiselle... (*L'Élève a soudain l'air de souffrir.*) Qu'avez-vous donc?

L'ÉLÈVE: J'ai mal aux dents, Monsieur.

LE PROFESSEUR: Ça n'a pas d'importance. Nous n'allons pas nous arrêter pour si peu de chose. Continuons...

L'ÉLÈVE (*qui aura l'air de souffrir de plus en plus*): Oui, Monsieur.

LE PROFESSEUR: J'attire au passage votre attention sur les consonnes qui changent de nature en liaisons. Les *f* deviennent en ce cas des *v*, les *d* des *t*, les *g* des *k* et vice versa, comme dans les exemples que je vous signale: «trois heures, les enfants, le coq au vin, l'âge nouveau, voici la nuit».

L'ÉLÈVE: J'ai mal aux dents.

LE PROFESSEUR: Continuons.

L'ÉLÈVE: Oui.

LE PROFESSEUR: Résumons: pour apprendre à prononcer, il faut des années et des années. Grâce à la science, nous pouvons y arriver en quelques minutes. Pour faire donc sortir les mots, les sons et tout ce que vous voudrez, sachez qu'il faut chasser impitoyablement l'air des poumons, ensuite le faire délicatement passer, en les effleurant, sur les cordes vocales qui soudain comme des harpes ou des feuillages sous le vent, frémissent, s'agitent, vibrent, vibrent, vibrent ou grasseyent, ou chuintent ou se froissent, ou sifflent, sifflent mettant tout en mouvement: luette, langue, palais, dents...

L'ÉLÈVE: J'ai mal aux dents.

LE PROFESSEUR: ...lèvres... Finalement les mots sortent par le nez, la bouche, les oreilles, les pores, entraînant avec eux tous les organes que nous avons nommés, déracinés, dans un envol puissant, majestueux, qui n'est autre que ce qu'on appelle, improprement, la voix, se modulant en chant ou se transformant en un terrible orage symphonique avec tout un cortège... des gerbes de fleurs des plus variées, d'artifices sonores: labiales, dentales, occlusives, palatales et autres, tantôt caressantes, tantôt amères ou violentes.

L'ÉLÈVE: Oui, Monsieur, j'ai mal aux dents.

LE PROFESSEUR: Continuons, continuons. Quant aux langues néo-espagnoles, elles sont des parentes si rapprochées les unes des autres, qu'on peut les considérer comme de véritables cousines germaines. Elles ont d'ailleurs la même mère: l'espagnole, avec un *e* muet. C'est pourquoi il est si difficile de les distinguer l'une de l'autre. C'est pourquoi il est si utile de bien prononcer, d'éviter les défauts de prononciation. La prononciation à elle seule vaut tout un langage. Une mauvaise prononciation peut vous jouer des tours. A ce propos, permettez-moi, entre parenthèses, de vous faire part d'un souvenir personnel. (*Légère détente, le Professeur se laisse un instant aller à ses souvenirs; sa figure s'attendrit; il se reprendra vite.*) J'étais tout jeune, encore presque un enfant. Je faisais mon service militaire. J'avais, au régiment, un camarade, vicomte, qui avait un défaut de prononciation assez grave: il ne pouvait pas prononcer la lettre *f*. Au lieu de *f*, il disait *f*. Ainsi, au lieu de: fontaine, je ne boirai pas de ton eau, il disait: fontaine, je ne boirai pas de ton eau. Il prononçait fille au lieu de fille, Firmin au lieu de Firmin, fayot au lieu de fayot, fichez-moi la paix au lieu de fichez-moi la paix, fatras au lieu de fatras, fifi, fon, fafa au lieu de: fifi, fon, fafa; Philippe, au lieu de Philippe; fictoire au lieu de fictoire; février au lieu de février; mars-avril au lieu de mars-avril; Gérard de Nerval et non pas, comme cela est correct, Gérard de Nerval; Mirabeau au lieu de Mirabeau, etc., au lieu de etc., et ainsi de suite etc. au lieu de etc., et ainsi de suite, etc. Seulement il avait la chance de pouvoir si bien cacher son défaut, grâce à des chapeaux, que l'on ne s'en apercevait pas.

L'ÉLÈVE: Oui. J'ai mal aux dents.

LE PROFESSEUR (*changeant brusquement de ton, d'une voix dure*): Continuons. Précisions d'abord les ressemblances pour mieux saisir, par la suite, ce qui distingue toutes ces langues entre elles. Les differences ne sont guère saisissables aux personnes non averties. Ainsi, tous les mots de toutes ces langues...

L'ÉLÈVE: Ah oui?... J'ai mal aux dents.

LE PROFESSEUR: Continuons... sont toujours les mêmes, ainsi

que toutes les désinences, tous les préfixes, tous les suffixes, toutes les racines...

L'ÉLÈVE: Les racines des mots sont-elles carrées?

LE PROFESSEUR: Carrées ou cubiques. C'est selon.

L'ÉLÈVE: J'ai mal aux dents.

LE PROFESSEUR: Continuons. Ainsi, pour vous donner un exemple qui n'est guère qu'une illustration, prenez le mot front...

L'ÉLÈVE: Avec quoi le prendre?

LE PROFESSEUR: Avec ce que vous voudrez, pourvu que vous le preniez, mais surtout n'interrompez pas.

L'ÉLÈVE: J'ai mal aux dents.

LE PROFESSEUR: Continuons... J'ai dit: «Continuons.» Prenez donc le mot français front. L'avez-vous pris?

L'ÉLÈVE: Oui, oui. Ça y est. Mes dents, mes dents...

LE PROFESSEUR: Le mot front est racine dans frontispice. Il l'est aussi dans effronté. «Ispice» est suffixe, et «ef» préfixe. On les appelle ainsi parce qu'ils ne changent pas. Ils ne veulent pas.

L'ÉLÈVE: J'ai mal aux dents.

LE PROFESSEUR: Continuons. Vite. Ces préfixes sont d'origine espagnole, j'espère que vous vous en êtes aperçue, n'est-ce pas?

L'ÉLÈVE: Ah! ce que j'ai mal aux dents.

LE PROFESSEUR: Continuons. Vous avez également pu remarquer qu'ils n'avaient pas changé en français. Eh bien, Mademoiselle, rien non plus ne réussit à les faire changer, ni en latin, ni en italien, ni en portugais, ni en sardanapale ou en sardanapali, ni en roumain, ni en néo-espagnol, ni en espagnol, ni même en oriental: front, frontispice, effronté, toujours le même mot, invariablement avec même racine, même suffixe, même préfixe, dans toutes les langues énumérées. Et c'est toujours pareil pour tous les mots.

L'ÉLÈVE: Dans toutes les langues, ces mots veulent dire la même chose? J'ai mal aux dents.

LE PROFESSEUR: Absolument. D'ailleurs, c'est plutôt une notion qu'un mot. De toutes façons, vous avez toujours la même signification, la même composition, la même structure sonore non seulement pour ce mot, mais pour tous les mots concevables, dans toutes les langues. Car une même notion s'exprime par un seul et même mot, et ses synonymes, dans tous les pays. Laissez donc vos dents.

L'ÉLÈVE: J'ai mal aux dents. Oui, oui et oui.

LE PROFESSEUR: Bien, continuons. Je vous dis continuons... Comment dites-vous, par exemple, en français: les roses de ma grand-mère sont aussi jaunes que mon grand-père qui était Asiatique?

L'ÉLÈVE: J'ai mal, mal, mal aux dents.

LE PROFESSEUR: Continuons, continuons, dites quand même!

L'ÉLÈVE: En français?

LE PROFESSEUR: En français.

L'ÉLÈVE: Euh... que je dise en français: les roses de ma grand-mère sont...?

LE PROFESSEUR: Aussi jaunes que mon grand-père qui était Asiatique...

L'ÉLÈVE: Eh bien, on dira, en français, je crois: les roses... de ma... comment dit-on grand-mère, en français?

LE PROFESSEUR: En français? Grand-mère.

L'ÉLÈVE: Les roses de ma grand-mère sont aussi... jaunes, en français, ça se dit «jaunes»?

LE PROFESSEUR: Oui, évidemment!

L'ÉLÈVE: Sont aussi jaunes que mon grand-père quand il se mettait en colère.

LE PROFESSEUR: Non... qui était A...

L'ÉLÈVE: ... siatique... J'ai mal aux dents.

LE PROFESSEUR: C'est cela.

L'ÉLÈVE: J'ai mal...

LE PROFESSEUR: Aux dents... tant pis... Continuons! A présent, traduisez la même phrase en espagnol, puis en néo-espagnol...

L'ÉLÈVE: En espagnol... ce sera: les roses de ma grand-mère sont aussi jaunes que mon grand-père qui était Asiatique.

LE PROFESSEUR: Non. C'est faux.

L'ÉLÈVE: Et en néo-espagnol: les roses de ma grand-mère sont aussi jaunes que mon grand-père qui était Asiatique.

LE PROFESSEUR: C'est faux. C'est faux. C'est faux. Vous avez fait l'inverse, vous avez pris l'espagnol pour du néo-espagnol, et le néo-espagnol pour de l'espagnol... Ah... non... c'est le contraire...

L'ÉLÈVE: J'ai mal aux dents. Vous vous embrouillez.

LE PROFESSEUR: C'est vous qui m'embrouillez. Soyez attentive et prenez note. Je vous dirai la phrase en espagnol, puis en néo-espagnol et, enfin, en latin. Vous répéterez après moi. Attention, car les ressemblances sont grandes. Ce sont des ressemblances identiques. Écoutez, suivez bien...

L'ÉLÈVE: J'ai mal...

LE PROFESSEUR: ... aux dents.

L'ÉLÈVE: Continuons... Ah!...

LE PROFESSEUR: ...en espagnol: les roses de ma grand-mère sont aussi jaunes que mon grand-père qui était Asiatique; en latin: les roses de ma grand-mère sont aussi jaunes que mon grand-père qui était Asiatique. Saisissez-vous les différences? Traduisez cela en... roumain.

L'ÉLÈVE: Les... comment dit-on roses, en roumain?

LE PROFESSEUR: Mais «roses», voyons.

L'ÉLÈVE: Ce n'est pas «roses»? Ah, que j'ai mal aux dents...

LE PROFESSEUR: Mais non, mais non, puisque «roses» est la traduction en oriental du mot français «roses», en espagnol
* «roses», vous saisissez? En sardanapali «roses»...

L'ÉLÈVE: Excusez-moi, Monsidur, mais... Oh, ce que j'ai mal aux dents... je ne saisis pas la différence.

LE PROFESSEUR: C'est pourtant bien simple! Bien simple! A condition d'avoir une certaine expérience, une expérience technique et une pratique de ces langues diverses, si diverses malgré qu'elles ne présentent que des caractères tout à fait identiques. Je vais tâcher de vous donner une clé...

L'ÉLÈVE: Mal aux dents...

LE PROFESSEUR: Ce qui différencie ces langues, ce ne sont ni les mots, qui sont les mêmes absolument, ni la structure de la phrase qui est partout pareille, ni l'intonation, qui ne présente pas de différences, ni le rythme du langage... ce qui les différencie... m'écoutez-vous?

L'ÉLÈVE: J'ai mal aux dents.

LE PROFESSEUR: M'écoutez-vous, Mademoiselle? Aah! nous allons nous fâcher.

L'ÉLÈVE: Vous m'embêtez, Monsieur! J'ai mal aux dents.

LE PROFESSEUR: Nom d'un caniche à barbe! Écoutez-moi!

L'ÉLÈVE: Eh bien... oui oui.. allez-y...

LE PROFESSEUR: Ce qui les différencie les unes des autres, d'une part, et de l'espagnole, avec un *e* muet, leur mère, d'autre part... c'est...

L'ÉLÈVE (*grimaçante*): C'est quoi?

LE PROFESSEUR: C'est une chose ineffable. Un ineffable que l'on n'arrive à percevoir qu'au bout de très longtemps, avec beaucoup de peine et après une très longue expérience...

L'ÉLÈVE: Ah?

LE PROFESSEUR: Oui, Mademoiselle. On ne peut vous donner aucune règle. Il faut avoir du flair, et puis c'est tout. Mais pour en avoir, il faut étudier, étudier et encore étudier.

L'ÉLÈVE: Mal aux dents.

LE PROFESSEUR: Il y a tout de même quelques cas précis où les mots, d'une langue à l'autre, sont différents... mais on ne peut baser notre savoir là-dessus car ces cas sont, pour ainsi dire, exceptionnels.

L'ÉLÈVE: Ah, oui?... Oh, Monsieur, j'ai mal aux dents.

LE PROFESSEUR: N'interrompez pas! Ne me mettez pas en colère! Je ne répondrais plus de moi. Je disais donc... Ah, oui, les cas exceptionnels, dits de distinction facile... ou de distinction aisée... ou commode... si vous aimez mieux... je répète: si vous aimez, car je constate que vous ne m'écoutez plus...

L'ÉLÈVE: J'ai mal aux dents.

LE PROFESSEUR: Je dis donc: dans certaines expressions, d'usage courant, certains mots diffèrent totalement d'une langue à l'autre, si bien que la langue employée est, en ce cas, sensiblement plus facile à identifier. Je vous donne un exemple: l'expression néo-espagnole célèbre à Madrid: «ma patrie est la néo-Espagne», devient en italien: «ma patrie est...

L'ÉLÈVE: La néo-Espagne.»

LE PROFESSEUR: Non! «Ma patrie est l'Italie.» Dites-moi alors, par simple déduction, comment dites-vous Italie, en français?

L'ÉLÈVE: J'ai mal aux dents!

LE PROFESSEUR: C'est pourtant bien simple: pour le mot Italie, * en français nous avons le mot France qui en est la traduction exacte. Ma patrie est la France. Et France en oriental: Orient! Ma patrie est l'Orient. Et Orient en portugais: Portugal! L'expression orientale: ma patrie est l'Orient se traduit donc de cette façon en portugais: ma patrie est le Portugal! Et ainsi de suite...

L'ÉLÈVE: Ça va! Ça va! J'ai mal...

LE PROFESSEUR: Aux dents! Dents! Dents!... Je vais vous les arracher, moi! Encore un autre exemple. Le mot capitale, la capitale revêt, suivant la langue que l'on parle, un sens différent. C'est-à-dire que, si un Espagnol dit: J'habite la capitale, le mot capitale ne voudra pas dire du tout la même chose que ce qu'entend un Portugais lorsqu'il dit lui aussi: j'habite dans la capitale. A plus forte raison, un Français, un néo-Espagnol, un Roumain, un Latin, un Sardanapali... Dès que vous entendez dire, Mademoiselle, Mademoiselle, je dis ça pour vous! Merde alors! Dès que vous entendez l'expression: j'habite la capitale, vous saurez immédiatement et facilement si c'est de l'espagnol ou de l'espagnol, du néo-espagnol, du français, de l'oriental, du roumain, du latin, car il suffit de deviner quelle est la métropole à laquelle pense celui qui prononce la phrase... au moment même où il la prononce... Mais ce sont à peu près les seuls exemples précis que je puisse vous donner...

L'ÉLÈVE: Oh, là! Mes dents...

LE PROFESSEUR: Silence! Ou je vous fracasse le crâne!

L'ÉLÈVE: Essayez donc! Crâneur!

Le professeur lui prend le poignet, le tord. *

L'ÉLÈVE: Aïe!

LE PROFESSEUR: Tenez-vous donc tranquille! Pas un mot!

L'ÉLÈVE (*pleurnichant*): Mal aux dents...

LE PROFESSEUR: La chose la plus... comment dirais-je?... la plus paradoxale... oui... c'est le mot... la chose la plus paradoxale, c'est qu'un tas de gens qui manquent complètement d'instruction parlent ces différentes langues... vous entendez? Qu'est-ce que j'ai dit?

L'ÉLÈVE: ...parlent ces différentes langues! Qu'est-ce que j'ai dit!

LE PROFESSEUR: Vous avez eu de la chance!... Des gens du peuple parlent l'espagnol, farci de mots néo-espagnols qu'ils ne décèlent pas, tout en croyant parler le latin... ou bien ils parlent le latin, farci de mots orientaux, tout en croyant perler le roumain... ou l'espagnol, farci de néo-espagnol, tout en croyant parler le sardanapali, ou l'espagnol... Vous me comprenez?

L'ÉLÈVE: Oui! Oui! Oui! Oui! Que voulez vous de plus...?

LE PROFESSEUR: Pas d'insolence, mignonne, ou gare à toi... * (*En colère.*) Mais le comble, Mademoiselle, c'est que certains, par exemple, en un latin, qu'ils supposent espagnol, disent: «Je souffre de mes deux foies à la fois», en s'adressant à un Français, qui ne sait pas un mot d'espagnol, mais celui-ci le comprend aussi bien que si c'était sa propre langue. D'ailleurs, il croit que c'est sa propre langue. Et le Français répondra, en français: «Moi aussi, Monsieur, je souffre de mes foies», et se fera parfaitement comprendre par l'Espagnol, qui aura la certitude que c'est en pur espagnol qu'on lui a répondu, et qu'on parle espagnol... quand, en réalité, ce n'est ni de l'espagnol ni du français, mais du latin à la néo-espagnole... Tenez-vous donc tranquille, Mademoiselle, ne remuez plus les jambes, ne tapez plus des pieds...

L'ÉLÈVE: J'ai mal aux dents.

LE PROFESSEUR: Comment se fait-il que, parlant sans savoir quelle langue ils parlent, ou même croyant en parler chacun une autre, les gens du peuple s'entendent quand même entre eux?

L'ÉLÈVE: Je me le demande.

LE PROFESSEUR: C'est simplement une des curiosités inexplicables de l'empirisme grossier du peuple — ne pas confondre avec l'expérience! — un paradoxe, un non-sens, une des bizarreries de la nature humaine, c'est l'instinct, tout simplement, pour tout dire en un mot — c'est lui qui joue, ici.

L'ÉLÈVE: Ha! Ha!

LE PROFESSEUR: Au lieu de regarder voler les mouches tandis que je me donne tout ce mal... vous feriez mieux de tâcher d'être plus attentive... ce n'est pas moi qui me présente au concours du doctorat partiel... je l'ai passé, moi, il y a longtemps... y compris mon doctorat total... et mon diplôme supra-total... Vous ne comprenez donc pas que je veux votre bien?

L'ÉLÈVE: Mal aux dents!

LE PROFESSEUR: Mal élevée... Mais ça n'ira pas comme ça, pas comme ça, pas comme ça, pas comme ça...

L'ÉLÈVE: Je... vous... écoute...

LE PROFESSEUR: Ah! Pour apprendre à distinguer toutes ces différentes langues, je vous ai dit qu'il n'y a rien de mieux que la pratique... Procédons par ordre. Je vais essayer de vous apprendre toutes les traductions du mot couteau.

L'ÉLÈVE: C'est comme vous voulez... Après tout...

LE PROFESSEUR (*il appelle la Bonne*): Marie! Marie! Elle ne vient pas... Marie! Marie!... Voyons, Marie. (*Il ouvre la porte, à droite.*) Marie!...

Il sort.

L'Élève reste seule quelques instants, le regard dans le vide, l'air abruti.

LE PROFESSEUR (*voix criarde, dehors*): Marie! Qu'est-ce que ça veut dire? Pourquoi ne venez-vous pas! Quand je vous demande de venir, il faut venir! (*Il rentre, suivi de Marie.*) C'est moi qui commande, vous m'entendez. (*Il montre l'Élève.*) Elle ne comprend rien, celle-là. Elle ne comprend pas!

LA BONNE: Ne vous mettez pas dans cet état, Monsieur, gare à la fin! Ça vous mènera loin, ça vous mènera loin tout ça.

LE PROFESSEUR: Je saurai m'arrêter à temps.

LA BONNE: On le dit toujours. Je voudrais bien voir ça.

L'ÉLÈVE: J'ai mal aux dents.

LA BONNE: Vous voyez, ça commence, c'est le symptôme!

LE PROFESSEUR: Quel symptôme? Expliquez-vous? Que voulez-vous dire?

L'ÉLÈVE (*d'une voix molle*): Oui, que voulez-vous dire? J'ai mal aux dents.

LA BONNE: Le symptôme final! Le grand symptôme!

LE PROFESSEUR: Sottises! Sottises! Sottises! (*La Bonne veut s'en aller.*) Ne partez pas comme ça! Je vous appelais pour aller me chercher les couteaux espagnol, néo-espagnol, portugais, français, oriental, roumain, sardanapali, latin et espagnol.

LA BONNE (*sévère*): Ne comptez pas sur moi.

Elle s'en va.

LE PROFESSEUR (*geste, il veut protester, se retient, un peu désemparé. Soudain, il se rappelle*): Ah! (*Il va vite vers le tiroir, y découvre un grand couteau invisible, ou réel, selon le goût du metteur en scène, le saisit, le brandit tout joyeux.*) En voilà un, Mademoiselle, voilà un couteau. C'est dommage qu'il n'y ait que celui-là; mais nous allons tâcher de nous en servir pour toutes les langues! Il suffira que vous prononciez le mot couteau dans toutes les langues, en regardant l'objet, de très près, fixement, et vous imaginant qu'il est de la langue que vous dites.

L'ÉLÈVE: J'ai mal aux dents.

LE PROFESSEUR (*chantant presque, mélopée*): Alors: dites, *cou*, comme *cou*, *teau*, comme *teau*... Et regardez, regardez, fixez bien...

L'ÉLÈVE: C'est du quoi, ça? Du français, de l'italien, de l'espagnol?

LE PROFESSEUR: Ça n'a plus d'importance... Ça ne vous regarde pas. Dites: *cou*.

L'ÉLÈVE: *Cou*.

LE PROFESSEUR: ...teau. Regardez.

Il brandit le couteau sous les yeux de l'Élève.

L'ÉLÈVE: Teau...

LE PROFESSEUR: Encore... Regardez.

L'ÉLÈVE: Ah, non! Zut alors! J'en ai assez! Et puis j'ai mal aux dents, j'ai mal aux pieds, j'ai mal à la tête...

LE PROFESSEUR (*saccadé*): Couteau... Regardez... couteau... Regardez... couteau... Regardez...

L'ÉLÈVE: Vous me faites mal aux oreilles, aussi. Vous avez une voix! Oh, qu'elle est stridente!

LE PROFESSEUR: Dites: couteau... cou... teau...

L'ÉLÈVE: Non! J'ai mal aux oreilles, j'ai mal partout...

LE PROFESSEUR: Je vais te les arracher, moi, tes oreilles, comme ça elles ne te feront plus mal, ma mignonne!

L'ÉLÈVE: Ah... c'est vous qui me faites mal...

LE PROFESSEUR: Regardez, allons, vite, répétez: *cou*...

L'ÉLÈVE: Ah, si vous y tenez... cou... couteau... (*Un instant lucide, ironique.*) C'est du néo-espagnol...

LE PROFESSEUR: Si l'on veut, oui, du néo-espagnol, mais dépêchez-vous... nous n'avons pas le temps... Et puis, qu'est-ce que c'est que cette question insidieuse? Qu'est-ce que vous vous permettez?

L'ÉLÈVE (*doit être de plus en plus fatiguée, pleurante, désespérée, à la fois extasiée*): Ah!

LE PROFESSEUR: Répétez, regardez. (*Il fait comme le coucou.*) Couteau... couteau... couteau... couteau...

L'ÉLÈVE: Ah, j'ai mal... ma tête... (*Elle effleure de la main, comme pour une caresse, les parties du corps qu'elle nomme.*) ...mes yeux...

LE PROFESSEUR (*comme le coucou*): Couteau... couteau...

Ils sont tous les deux debout; lui, brandissant toujours son couteau invisible, presque hors de lui, tourne autour d'elle, en une sorte de danse du scalp, mais il ne faut rien exagérer et les pas de danse du Professeur doivent être à peine esquissés; l'Élève, debout, face au public, se dirige, à reculons, en direction de la fenêtre, maladive, langoureuse, envoûtée...

LE PROFESSEUR: Répétez, répétez: couteau... couteau... couteau...

L'ÉLÈVE: J'ai mal... ma gorge, cou... ah... mes épaules... mes seins... couteau...

LE PROFESSEUR: Couteau... couteau... couteau...

L'ÉLÈVE: Mes hanches... couteau... mes cuisses... cou...

LE PROFESSEUR: Prononcez bien... couteau... couteau...

L'ÉLÈVE: Couteau... ma gorge...

LE PROFESSEUR: Couteau... couteau...

L'ÉLÈVE: Couteau... mes épaules... mes bras, mes seins, mes hanches... couteau... couteau...

LE PROFESSEUR: C'est ça... Vous prononcez bien, maintenant...

L'ÉLÈVE: Couteau... mes seins... mon ventre...

LE PROFESSEUR (*changement de voix*): Attention... ne cassez pas mes carreaux... le couteau tue...

L'ÉLÈVE (*d'une voix faible*): Oui, oui... le couteau tue?

LE PROFESSEUR (*tue l'Élève d'un grand coup de couteau bien spectaculaire*): Aaah! tiens!

Elle crie aussi: «Aaah!» puis tombe, s'affale en une attitude impudique sur une chaise qui, comme par hasard, se trouvait près de la fenêtre; ils crient: «Aaah!» en même temps, le meurtrier et la victime; après le premier coup de couteau, l'Élève est affalée sur la chaise; les jambes, très écartées, pendent des deux côtés de la chaise; *

le Professeur se tient debout, en face d'elle, le does au public; après le premier coup de couteau, il frappe l'Élève morte d'un second coup de couteau, de bas en haut, à la sui. duquel le Professeur a un soubresaut bien visible, de tout son corps.

LE PROFESSEUR (*essoufflé, bredouille*): Salope... C'est bien fait... Ça me fait du bien... Ah! Ah! je suis fatigué... j'ai de la peine à respirer... Aah!

Il respire difficilement; il tombe; heureusement une chaise est là; il s'éponge le front, bredouille des mots incompréhensibles; sa respiration se normalise... Il se relève, regarde son couteau à la main, regarde la jeune fille, puis comme s'il se réveillait:

LE PROFESSUR (*pris de panique*): Qu'est-ce que j'ai fait! Qu'est-ce

qui va m'arriver maintenant! Qu'est-ce qui va se passer! Ah! là! là! Malheur! Mademoiselle, Mademoiselle, levez-vous! (*Il s'agite, tenant toujours à la main le couteau invisible dont il ne sait que faire.*) Voyons, Mademoiselle, la leçon est terminée... Vous pouvez partir... vous paierez une autre fois... Ah! elle est morte... mo-orte... C'est avec mon couteau... Elle est mo-
* orte... C'est terrible (*Il appelle la Bonne*) Marie! Marie! Ma chère Marie, venez donc! Ah! Ah! (*La porte à droite s'entr'ouvre. Marie apparaît.*) Non... ne venez pas... Je me suis trompé... Je n'ai pas besoin de vous, Marie... je n'ai plus besoin de vous... vous m'entendez?...

Marie s'approche sévère, sans mot dire, voit le cadavre.

LE PROFESSEUR (*d'une voix de moins en moins assurée*): Je n'ai pas besoin de vous, Marie...

LA BONNE (*sarcastique*): Alors, vous êtes content de votre élève, elle a bien profité de votre leçon?

LE PROFESSEUR (*il cache son couteau derrière son dos*): Oui, la leçon est finie... mais... elle... elle est encore là... elle ne veut pas partir...

LA BONNE (*très dure*): En effet!...

LE PROFESSEUR (*tremblotant*): Ce n'est pas moi... Ce n'est pas moi... Marie... Non... Je vous assure... ce n'est pas moi, ma petite Marie...

LA BONNE: Mais qui donc? Qui donc alors? Moi?

LE PROFESSEUR: Je ne sais pas... peut-être...

LA BONNE: Ou le chat?

LE PROFESSEUR: C'est possible... Je ne sais pas...

LA BONNE: Et c'est la quarantième fois, aujourd'hui!... Et tous les jours c'est la même chose! Tous les jours! Vous n'avez pas honte, à votre âge... mais vous allez vous rendre malade! Il ne vous restera plus d'élèves. Ça sera bien fait.

* LE PROFESSEUR (*irrité*): Ce n'est pas ma faute! Elle ne voulait pas apprendre! Elle était désobéisante! C'était une mauvaise élève! Elle ne voulait pas apprendre!

LA BONNE: Menteur!...

LE PROFESSEUR (*s'approche sournoisement de la Bonne, le couteau derrière son dos*): Ça ne vous regarde pas! (*Il essaie de lui donner un formidable coup de couteau; la Bonne lui saisit le poignet au vol, le lui tord; le Professeur laisse tomber par terre son arme.*) ...Pardon!

LA BONNE (*gifle, par deux fois, avec bruit et force, le Professeur qui tombe sur le plancher, sur son derrière; il pleurniche*): Petit assassin! Salaud! Petit dégoûtant! Vous vouliez me faire ça à moi? Je ne suis pas une de vos élèves, moi! (*Elle le relève par le collet, ramasse la calotte qu'elle lui met sur la tête; il a peur d'être encore giflé et se protège du coude comme les enfants.*) Mettez ce couteau à sa place, allez! (*Le Professeur va le mettre dans le tiroir du buffet, revient.*) Et je vous avais bien averti, pourtant, tout à l'heure encore; l'arithmétique mène à la philologie, et la philologie mène au crime... *

LE PROFESSEUR: Vous aviez dit: «au pire»!

LA BONNE: C'est pareil.

LE PROFESSEUR: J'avais mal compris. Je croyais que «Pire» c'est une ville et que vous vouliez dire que la philologie menait à la ville de Pire...

LA BONNE: Menteur! Vieux renard! Un savant comme vous ne se méprend pas sur le sens des mots. Faut pas me la faire.

LE PROFESSEUR (*sanglote*): Je n'ai pas fait exprès de la tuer!

LA BONNE: Au moins, vous le regrettez?

LE PROFESSEUR: Oh, oui, Marie, je vous le jure!

LA BONNE: Vous me faites pitié, tenez! Ah! vous êtes un brave garçon quand même! On va tâcher d'arranger ça. Mais ne recommencez pas... Ça peut vous donner une maladie de cœur...

LE PROFESSEUR: Oui, Marie! Qu'est-ce qu'on va faire, alors?

LA BONNE: On va l'enterrer... en même temps que les trente-neuf autres... ça va faire quarante cercueils... On va appeler les pompes funèbres et mon amoureux, le curé Auguste... On va commander des couronnes...

LE PROFESSEUR: Oui, Marie, merci bien.

LA BONNE: Au fait. Ce n'est même pas la peine d'appeler
* Auguste, puisque vous-même vous êtes un peu curé à vos heures, si on en croit la rumeur publique.

LE PROFESSEUR: Pas trop chères, tout de même, les couronnes. Elle n'a pas payé sa leçon.

LA BONNE: Ne vous inquiétez pas... Couvrez-la au moins avec son tablier, elle est indécente. Et puis on va l'emporter...

LE PROFESSEUR: Oui, Marie, oui. (*Il la courvre.*) On risque de se faire pincer... avec quarante cercueils... Vous vous imaginez... Les gens seront étonnés... Si on nous demande ce qu'il y a dedans?

LA BONNE: Ne vous faites donc pas tant de soucis. On dira
* qu'ils sont vides. D'ailleurs, les gens ne demanderont rien, ils sont habitués.

LE PROFESSEUR: Quand même...

LA BONNE (*elle sort un brassard portant un insigne, peut-être la Svastica nazie*): Tenez, si vous avez peur, mettez ceci, vous n'aurez plus rien à craindre. (*Elle lui attache le brassard autour du bras.*) ... C'est politique.

LE PROFESSEUR: Merci, ma petitie Marie; comme ça, je suis tranquille... Vous êtes une bonne fille, Marie... bien dévouée...

LA BONNE: Ça va. Allez-y, Monsieur. Ça y est?

LE PROFESSEUR: Oui, ma petite Marie. (*La Bonne et le Professeur prennent le corps de la jeune fille, l'une par les épaules, l'autre par les jambes, et se dirigent vers la porte de droite.*) Attention. Ne lui faites pas de mal.

Ils sortent.

Scène vide, pendant quelques instants. On entend sonner à la porte de gauche.

VOIX DE LA BONNE: Tout de suite, j'arrive!

Elle apparaît tout comme au début, va vers la porte. Deuxième coup de sonnette.

LA BONNE (*à part*): Elle est bien préssée, celle-là! (*Fort.*) Patience! (*Elle va vers la porte de gauche, l'ouvre.*) Bonjour,

Mademoiselle! Vous êtes la nouvelle élève? Vous êtes venue pour la leçon? Le Professeur vous attend. Je vais lui annoncer votre arrivée. Il descend tout de suite! Entrez donc, entrez, * Mademoiselle!

RIDEAU

Les Chaises

FARCE TRAGIQUE

PERSONNAGES

LE VIEUX, *95 ans*
LA VIEILLE, *94 ans*
L'ORATEUR, *45 à 50 ans*
et beaucoup d'autres personnages

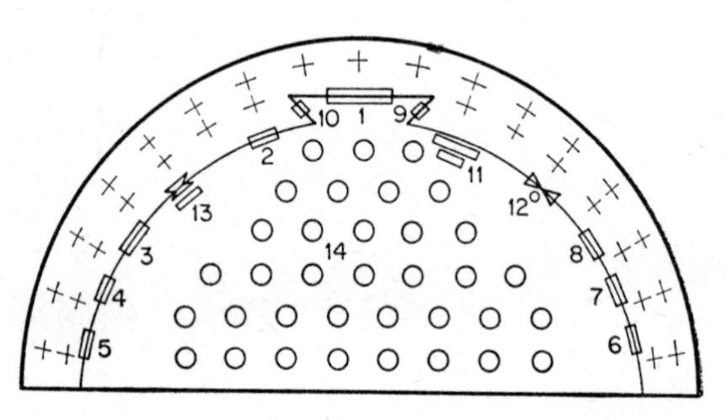

1. — Grande porte du fond, à deux battants.
2, 3, 4, 5. — Portes latérales droites.
6, 7, 8. — Portes latérales gauches.
9, 10. — Portes cachées dans le renfoncement.
11. — Estrade et tableau noir.
12, 13. — Fenêtres (avec escabeau) gauche, droite.
14. — Chaises vides.
+++. — Couloir (en coulisse).

DÉCOR

*

Murs circulaires avec un renfoncement dans le fond.

C'est une salle très dépouillée. A droite, en partant de l'avant-scène trois portes. Puis, une fenêtre avec un escabeau devant; puis encore une porte. Dans le renfoncement, au fond, une grande porte d'honneur à deux battants et deux autres portes se faisant vis-à-vis, et encadrant la porte d'honneur: ces deux portes, ou du moins l'une d'entre elles, sont presque cachées aux yeux du public. A gauche de la scène, toujours en partant de l'avant-scène, trois portes, une fenêtre avec escabeau et faisant vis-à-vis à la fenêtre de droite, puis un tableau noir et une estrade. Pour plus de facilité, voir le plan annexé.

Sur le devant de la scène, deux chaises côte à côte.

Une lampe à gaz est accrochée au plafond.

Le rideau se lève. Demi-obscurité. LE VIEUX *est penché à la fenêtre de gauche, monté sur l'escabeau.* LA VIEILLE *allume la lampe à gaz. Lumière verte. Elle va tirer* LE VIEUX *par la manche.*

LA VIEILLE: Allons, mon chou, ferme la fenêtre, ça sent mauvais l'eau qui croupit et puis il entre des moustiques.

LE VIEUX: Laisse-moi tranquille!

LA VIEILLE: Allons, allons, mon chou, viens t'asseoir. Ne te penche pas, tu pourrais tomber dans l'eau. Tu sais ce qui est arrivé à François Ier. Faut faire attention. *

LE VIEUX: Encore des exemples historiques! Ma crotte, je suis fatigué de l'histoire française. Je veux voir; les barques sur l'eau font des taches au soleil.

LA VIEILLE: Tu ne peux pas les voir, il n'y a pas de soleil, c'est la nuit, mon chou.

LE VIEUX: Il en reste l'ombre.

Il se penche très fort.

LA VIEILLE (*elle le tire de toutes ses forces*): Ah!... tu me fais peur, mon chou... viens t'asseoir, tu ne les verras pas venir. C'est pas la peine. Il fait nuit...

Le vieux se laisse traîner à regret.

LE VIEUX: Je voulais voir, j'aime tellement voir l'eau.

LA VIEILLE: Comment peux-tu, mon chou?... Ça me donne le vertige. Ah! cette maison, cette île, je ne peux m'y habituer. Tout entourée d'eau... de l'eau sous les fenêtres, jusqu'à l'horizon...

La Vieille et le Vieux, la Vieille traînant le Vieux, se dirigent vers les deux chaises au-devant de la scène; le vieux s'assoit tout naturellement sur les genoux de la vieille.

LE VIEUX: Il est 6 heures de l'après-midi... il fait déjà nuit. Tu te rappelles, jadis, ce n'était pas ainsi; il faisait encore jour à 9 heures du soir, à 10 heures, à minuit.

LA VIEILLE: C'est pourtant vrai, quelle mémoire!

LE VIEUX: Ça a bien changé.

LA VIEILLE: Pourquoi donc, selon toi?

* LE VIEUX: Je ne sais pas, Sémiramis, ma crotte... Peut-être, parce que plus on va, plus on s'enfonce. C'est à cause de la terre qui tourne, tourne, tourne, tourne...

LA VIEILLE: Tourne, tourne, mon petit chou... (*Silence.*) Ah! oui, tu es certainement un grand savant. Tu es très doué, mon chou. Tu aurais pu être Président chef, Roi chef, ou même, Docteur chef, Maréchal chef, si tu avais voulu, si tu avais eu un peu d'ambition dans la vie...

LE VIEUX: A quoi cela nous aurait-il servi? On n'en aurait pas mieux vécu... et puis, nous avons une situation, je suis Maré-
* chal tout de même, des logis, puisque je suis concierge.

LA VIEILLE (*elle caresse le Vieux comme on caresse un enfant*): Mon petit chou, mon mignon...

LE VIEUX: Je m'ennuie beaucoup.

LA VIEILLE: Tu étais plus gai, quand tu regardais l'eau... Pour nous distraire, fais semblant comme l'autre soir.

LE VIEUX: Fais semblant toi-même, c'est ton tour.

LA VIEILLE: C'est ton tour.

LE VIEUX: Ton tour.

LA VIEILLE: Ton tour.

LE VIEUX: Ton tour.

LA VIEILLE: Ton tour.

LE VIEUX: Bois ton thé, Sémiramis.

Il n'y a pas de thé, évidemment.

LA VIEILLE: Alors, imite le mois de février.

LE VIEUX: Je n'aime pas les mois de l'année.

LA VIEILLE: Pour l'instant, il n'y en a pas d'autres. Allons, pour me faire plaisir...

LE VIEUX: Tiens, voilà le mois de février.

Il se gratte la tête, comme Stan Laurel. *

LA VIEILLE (*riant, applaudissant*): C'est ça. Merci, merci, tu es mignon comme tout, mon chou. (*Elle l'embrasse.*) Oh! tu es très doué, tu aurais pu être au moins Maréchal chef, si tu avais voulu...

LE VIEUX: Je suis concierge, Maréchal des Logis.

Silence.

LA VIEILLE: Dis-moi l'histoire, tu sais, l'histoire: alors on arri...

LE VIEUX: Encore?... J'en ai assez... alors, on arri? encore celle-là... tu me demandes toujours la même chose!... «Alors on arri...» Mais c'est monotone... Depuis soixante-quinze ans que nous sommes mariés tous les soirs, absolument tous les soirs, tu me fais raconter la même histoire, tu me fais imiter les mêmes personnes, les mêmes mois... toujours pareil... parlons d'autre chose...

LA VIEILLE: Mon chou, moi je ne m'en lasse pas... C'est ta vie, elle me passionne.

LE VIEUX: Tu la connais par cœur.

LA VIEILLE: C'est comme si j'oubliais tout, tout de suite... J'ai l'esprit neuf tous les soirs... Mais oui, mon chou, je le fais exprès, je prends des purges... je redeviens neuve, pour toi, mon chou, tous les soirs... Allons, commence, je t'en prie.

LE VIEUX: Si tu veux.

LA VIEILLE: Vas-y alors, raconte ton histoire... Elle est aussi la mienne, ce qui est tien, est mien! Alors, on arri...

LE VIEUX: Alors, on arri... ma crotte...

LA VIEILLE: Alors, on arri... mon chou...

LE VIEUX: Alors, on arriva près d'une grande grille. On était tout mouillés, glacés jusqu'aux os, depuis des heures, des jours, des nuits, des semaines...

LA VIEILLE: Des mois...

* LE VIEUX: ...Dans la pluie... On claquait des oreilles, des pieds, des genoux, des nez, des dents... il y a de ça quatre-vingts an ... Ils ne nous ont pas permis d'entrer... ils auraient pu au moins ouvrir la porte du jardin...

Silence.

LA VIEILLE: Dans le jardin l'herbe était mouillée.

LE VIEUX: Il y avait un sentier qui conduisait à une petite place; au milieu, une église de village... Où était ce village? Tu te rappelles?

LA VIEILLE: Non, mon chou, je ne sais plus.

LE VIEUX: Comment y arrivait-on? Où est la route? Ce lieu s'appelait, je crois, Paris...

LA VIEILLE: Ça n'a jamais existé, Paris, mon petit.

LE VIEUX: Cette ville a existé puisqu'elle s'est effondrée... C'était la ville de lumière, puisqu'elle s'est éteinte, éteinte, depuis quatre cent mille ans... Il nen'en reste plus rien aujourd'hui, sauf une chanson.

LA VIEILLE: Une vraie chanson? C'est drôle. Quelle chanson?

LE VIEUX: Une berceuse, une allégorie: «Paris sera toujours Paris.»

LA VIEILLE: On y allait par le jardin? Était-ce loin?

LE VIEUX (*rêve, perdu*): La chanson?... la pluie?...

LA VIEILLE: Tu es très doué. Si tu avais eu un peu d'ambition dans la vie, tu aurais pu être un Roi chef, un Journaliste chef, un Comédien chef, un Maréchal chef... Dans le trou, tout ceci hélas... dans le grand trou tout noir... Dans le trou noir, je te dis. *

Silence.

LE VIEUX: Alors on arri...

LA VIEILLE: Ah! oui, enchaîne... raconte...

LE VIEUX (*tandis que la Vieille se mettra à rire, doucement, gâteuse; puis, progressivement, aux éclats; le Vieux rira aussi*): Alors, on a ri, on avait mal au ventre, l'histoire était si drôle... le drôle arriva ventre à terre, ventre nu, le drôle avait du ventre... il arriva avec une malle toute pleine de riz; par terre le riz se répandit... le drôle à terre aussi, ventre à terre... alors, on a ri, on a ri, on a ri, le ventre drôle, nu de riz à terre, la malle, l'histoire au mal de riz ventre à terre, ventre nu, tout de riz, alors on a ri, le drôle alors arriva tout nu, on a ri...

LA VIEILLE (*riant*): Alors on a ri du drôle, alors arrivé tout nu, on a ri, la malle, la malle de riz, le riz au ventre, à terre...

LES DEUX VIEUX (*ensemble, riant*): Alors, on a ri. Ah!... ri... arri... arri... Ah!... Ah!... ri... va... arri... arri... le drôle ventre nu... au riz arriva... au riz arriva. (*On entend.*) Alors on a... ventre nu... arri... la malle... (*Puis les deux Vieux petit à petit se calment.*) On a... ah!... arri... ah!... arri... ah!... arri... va... ri.

LA VIEILLE: C'était donc ça, ton fameux Paris.

LE VIEUX: Qui pourrait dire mieux.

LA VIEILLE: Oh! tu es tellement, mon chou, bien, oh! tellement, tu sais, tellement, tellement, tu aurais pu être quelque chose dans la vie, de bien plus qu'un Maréchal des logis.

LE VIEUX: Soyons modestes... contentons-nous de peu...

LA VIEILLE: Peut-être as-tu brisé ta vocation? *

LE VIEUX (*il pleure soudain*): Je l'ai brisée? Je l'ai cassée? Ah! où es-tu, maman, maman, où es-tu maman?... hi, hi, hi, je suis orphelin. (*Il gémit.*) ...un orphelin, un orpheli...

LA VIEILLE: Je suis avec toi, que crains-tu?

LE VIEUX: Non, Sémiramis, ma crotte. Tu n'es pas ma maman... orphelin, orpheli, qui va me défendre?

LA VIEILLE: Mais je suis là, mon chou!...

LE VIEUX: C'est pas la même chose... je veux ma maman, na, tu n'es pas ma maman toi...

LA VIEILLE (*le caressant*): Tu me fends le cœur, pleure pas, mon petit.

LE VIEUX: Hi, hi, laisse-moi; hi, hi, je me sens tout brisé, j'ai mal, ma vocation me fait mal, elle s'est cassée.

LA VIEILLE: Calme-toi.

LE VIEUX (*sanglotant, la bouche largement ouverte comme un bébé*): Je suis un orphelin... orpheli.

LA VIEILLE (*elle tâche de le consoler, le cajole*): Mon orphelin, mon chou, tu me crèves le cœur, mon orphelin.

Elle berce le vieux revenu depuis un moment sur ses genoux.

LE VIEUX (*sanglots*): Hi, hi, hi! Ma maman! Où est ma maman? J'ai plus de maman.

LA VIEILLE: Je suis ta femme, c'est moi ta maman maintenant.

LE VIEUX (*cédant un peu*): C'est pas vrai, je suis orphelin, hi, hi.

LA VIEILLE (*le berçant toujours*): Mon mignon, mon orphelin, orpheli, orphelon, orphelaine, orphelin.

LE VIEUX (*encore boudeur, se laissant faire de plus en plus*): Non... je veux pas; je veux pa-a-a-as.

LA VIEILLE (*elle chantonne*): Orphelon-li, orphelon-laire, orphelon-lon, orphelon-la.

LE VIEUX: No-o-on... No-o-on.

LA VIEILLE (*même jeu*): Li lon lala, li lon la laire, orphelon-li, orphelon li-relire-laire, orphelon-li-reli-rela...

LE VIEUX: Hi, hi, hi, hi. (*Il renifle, se calme peu à peu.*) Où elle est? ma maman.

LA VIEILLE: Au ciel fleuri... elle t'entend, elle te regarde, entre les fleurs; ne pleure pas, tu la ferais pleurer!

LE VIEUX: C'est même pas vrai... ai... elle ne me voit pas... elle ne m'entend pas. Je suis orphelin, dans la vie, tu n'es pas ma maman...

LA VIEILLE (*le vieux est presque calmé*): Voyons, calme-toi, ne te mets pas dans cet état... tu as d'énormes qualités, mon petit Maréchal... essuie tes larmes, ils doivent venir ce soir, les invités, il ne faut pas qu'ils te voient ainsi... tout n'est pas brisé, tout n'est pas perdu, tu leur diras tout, tu expliqueras, tu as un message... tu dis toujours que tu le diras... il faut vivre, il faut lutter pour ton message... *

LE VIEUX: J'ai un message, tu dis vrai, je lutte, une mission, j'ai quelque chose dans le ventre, un message à communiquer à l'humanité, à l'humanité...

LA VIEILLE: A l'humanité, mon chou, ton message!...

LE VIEUX: C'est vrai, ça, c'est vrai...

LA VIEILLE (*elle mouche le Vieux, essuie ses larmes*): C'est ça... tu es un homme, un soldat, un Maréchal des logis...

LE VIEUX (*il a quitté les genoux de la vieille et se promène, à petits pas, agité*): Je ne suis comme les autres, j'ai un idéal dans la vie. Je suis peut-être doué, comme tu dis, j'ai du talent, mais je n'ai pas de facilité. J'ai bien accompli mon office de Maréchal des logis, j'ai toujours été à la hauteur de la situation, honorablement, cela pourrait suffire...

LA VIEILLE: Pas pour toi, tu n'es pas comme les autres, tu es bien plus grand, et pourtant tu aurais beaucoup mieux fait de t'entendre comme tout le monde, avec tout le monde. Tu t'es disputé avec tous tes amis, avec tous les directeurs, tous les Maréchaux, avec ton frère.

LE VIEUX: C'est pas ma faute, Sémiramis, tu sais bien ce qu'il a dit.

LA VIEILLE: Qu'est-ce qu'il a dit?

LE VIEUX: Il a dit: «Mes amis, j'ai une puce. Je vous rends visite dans l'espoir de laisser la puce chez vous.»

LA VIEILLE: Ça se dit, mon chéri. Tu n'aurais pas dû faire attention. Mais avec Carel, pourquoi t'es-tu fâché? c'était sa faute aussi?

LE VIEUX: Tu vas me mettre en colère, tu vas me mettre en colère. Na. Bien sûr, c'était sa faute. Il est venu un soir, il a dit: «Je vous souhaite bonne chance. Je devrais vous dire le *

* mot qui porte chance; je ne le dis pas, je le pense.» Et il riait comme un veau.

LA VIEILLE: Il avait bon cœur, mon chou. Dans la vie, il faut être moins délicat.

LE VIEUX: Je n'aime pas ces plaisanteries.

LA VIEILLE: Tu aurais pu être Marin chef, Ébéniste chef, Roi chef d'orchestre.

Long silence. Ils restent un temps figés, tout raides sur leurs chaises.

* LE VIEUX (*comme en rêve*): C'était au bout du bout du jardin... là était... là était... là était... était quoi, ma chérie?

LA VIEILLE: La ville de Paris!

LE VIEUX: Au bout, au bout du bout de la ville de Paris, était, était, était quoi?

LA VIEILLE: Mon chou, était quoi, mon chou, était qui?

LE VIEUX: C'était un lieu, un temps exquis...

LA VIEILLE: C'était un temps si beau, tu crois?

LE VIEUX: Je ne me rappelle pas l'endroit...

LA VIEILLE: Ne te fatigue donc pas l'esprit...

LE VIEUX: C'est trop loin, je ne peux plus... le rattraper... où était-ce?...

LA VIEILLE: Mais quoi?

LE VIEUX: Ce que je... ce que ji... où état-ce? et qui?

LA VIEILLE: Que ce soit n'importe où, je te suivrai partout, je te suivrai, mon chou.

LE VIEUX: Ah! j'ai tant de mal à m'exprimer... Il faut que je dise tout.

LA VIEILLE: C'est un devoir sacré. Tu n'as pas le droit de taire ton, message; il faut que tu le révèles aux hommes, ils l'attendent... l'univers n'attend plus que toi.

LE VIEUX: Oui, je dirai.

LA VIEILLE: Es-tu bien décidé? Il faut.

LE VIEUX: Bois ton thé.

LA VIEILLE: Tu aurais pu être un Orateur chef si tu avais eu plus de volonté daos la vie... je suis fière, je suis heureuse que tu te sois enfin décidé à parler à tous les pays, à l'Europe, à tous les continents!

LE VIEUX: Hélas, j'ai tant de mal à m'exprimer, pas de facilité.

LA VIEILLE: La facilité vient en commençant, comme la vie et la mort.... il suffit d'être bien décidé. C'est en parlant qu'on trouve les idées, les mots, et puis nous, dans nos propres mots, la ville aussi, le jardin, on retrouve peut-être tout, on n'est plus orphelin. *

LE VIEUX: Ce n'est pas moi qui parlerai, j'ai engagé un orateur de métier, il parlera en mon nom, tu verras.

LA VIEILLE: Alors, c'est vraiment pour ce soir? Au moins les as-tu tous convoqués, tous les personnages, tous les propriétaires et tous les savants?

LE VIEUX: Oui, tous les propriétaires et tous les savants.

Silence.

LA VIEILLE: Les gardiens? les évêques? les chimistes? les chaudronniers? les violonistes? les délégués? les présidents? les policiers? les marchands? les bâtiments? les porte-plumes? les chromosomes?

LE VIEUX: Oui, oui, et les postiers, les aubergistes et les artistes, tous ceux qui sont un peu savants, un peu propriétaires!

LA VIEILLE: Et les banquiers?

LE VIEUX: Je les ai convoqués.

LA VIEILLE: Les prolétaires? les fonctionnaires? les militaires? les révolutionnaires? les réactionnaires? les aliénistes et leurs aliénés?

LE VIEUX: Mais oui, tous, tous, tous, puisqu'en somme tous sont des savants ou des propriétaires.

LA VIEILLE: Ne t'énerve pas mon chou, je ne veux pas t'ennuyer, tu es tellement négligent, comme tous les grands génies; cette réunion est importante, il faut qu'ils viennent tous ce soir. Peux-tu compter sur eux? ont-ils promis?

LE VIEUX: Bois ton thé, Sémiramis.

Silence.

LA VIEILLE: Le Pape, les papillons et les papiers?

LE VIEUX: Je les ai convoqués. (*Silence.*) Je vais leur communiquer le message... Toute ma vie, je sentais que j'étouffais; à présent, ils sauront tout, grâce à toi, à l'orateur, vous seuls m'avez compris.

LA VIEILLE: Je suis si fière de toi...

LE VIEUX: La réunion aura lieu dans quelques instants.

LA VIEILLE: C'est donc vrai, ils vont venir, ce soir? Tu n'auras plus envie de pleurer, les savants et les propriétaires remplacent les papas et les mamans. (*Silence.*) On ne pourrait pas ajourner la réunion. Ça ne va pas trop nous fatiguer?

Agitation plus accentuée. Depuis quelques instants déjà, le Vieux tourne à petits pas indécis, de vieillard ou d'enfant, autour de la Vieille. Il a pu faire un pas ou deux vers une des portes, puis revenir tourner en rond.

LE VIEUX: Tu crois vraiment que ça pourrait nous fatiguer?

LA VIEILLE: Tu es un peu enrhumé.

LE VIEUX: Comment faire pour décommander?

LA VIEILLE: Invitons-les un autre soir. Tu pourrais téléphoner.

LE VIEUX: Mon Dieu, je ne peux plus, il est trop tard. Ils doivent déjà être embarqués!

LA VIEILLE: Tu aurais dû être plus prudent.

On entend le glissement d'une barque sur l'eau.

LE VIEUX: Je crois que l'on vient déjà... (*Le bruit du glissement de la barque se fait entendre plus fort.*) ... Oui, on vient!...

La Vieille se lève aussi et marche en boitillant.

LA VIEILLE: C'est peut-être l'Orateur.

LE VIEUX: Il ne vient pas si vite. Ça doit être quelqu'un d'autre. (*On entend sonner.*) Ah!

LA VIEILLE: Ah!

Nerveusement, le Vieux et la Vieille se dirigent vers la porte cachée du fond à droite. Tout en se dirigeant vers la porte, ils disent:

LE VIEUX: Allons...

LA VIEILLE: Je suis toute dépeignée... attends un peu...

Elle arrange ses cheveux, sa robe, tout en marchant boitilleusement, tire sur ses gros bas rouges.

LE VIEUX: Il fallait te préparer avant... tu avais bien le temps.

LA VIEILLE: Que je suis mal habillée... j'ai une vieille robe, toute fripée...

LE VIEUX: Tu n'avais qu'à la repasser... dépêche-toi! Tu fais attendre les gens.

Le Vieux suivi par la Vieille qui ronchonne arrive à la porte, dans le renfoncement; on ne les voit plus, un court instant; on les entend ouvrir la porte, puis la refermer après avoir fait entrer quelqu'un.

VOIX DU VIEUX: Bonjour, Madame, donnez-vous la peine d'entrer. Nous sommes enchantés de vous recevoir. Voici ma femme.

VOIX DE LA VIEILLE: Bonjour, Madame, très heureuse de vous connaître. Attention, n'abîmez pas votre chapeau. Vous pouvez retirer l'épingle, ce sera plus commode. Oh, non, on ne s'assoira pas dessus.

VOIX DU VIEUX: Mettez votre fourrure là. Je vais vous aider. Non, elle ne s'abîmera pas.

VOIX DE LA VIEILLE: Oh! quel joli tailleur... un corsage tricolore... Vous prendrez bien quelques biscuits... Vous n'êtes pas grosse... non... potelée... Déposez le parapluie.

VOIX DU VIEUX: Suivez-moi, s'il vous plaît.

LE VIEUX, *de dos*: Je n'ai qu'un modeste emploi...

Le Vieux et la Vieille se retournent en même temps et en s'écartant un peu pour laisser la place, entre eux, à l'invitée. Celle-ci est invisible.

Le Vieux et la Vieille avancent, maintenant, de face, vers le devant de la scène; ils parlent à la Dame invisible qui avance entre eux deux.

LE VIEUX (*à la Dame invisible*): Vous avez eu beau temps?

LA VIEILLE (*à la même*): Vous n'êtes pas trop fatiguée?... Si, un peu.

LE VIEUX (*à la même*): Au bord de l'eau...

LA VIEILLE (*à la même*): Trop aimable de votre part.

LE VIEUX (*à la même*): Je vais vous apporter une chaise.

Le Vieux se dirige à gauche; il sort par la porte 6.

LA VIEILLE (*à la même*): En attendant, prenez cette chaise. (*Elle indique une des deux chaises et s'assoit sur l'autre, à droite de la Dame invisible.*) Il fait chaud, n'est-ce pas? (*Elle sourit à la Dame.*) Quel joli éventail! Mon mari... (*le Vieux réapparaît par la porte n° 7, avec une chaise*) ...m'en avait offert un semblable, il y a soixante-treize ans... Je l'ai encore... (*le Vieux met la chaise à gauche de la Dame invisible*) ...c'était pour mon anniversaire!...

Le Vieux s'assoit sur la chaise qu'il vient d'apporter, la Dame invisible se trouve donc au milieu. Le Vieux, la figure tournée vers la Dame, lui sourit, hoche la tête, frotte doucement ses mains l'une contre l'autre, a l'air de suivre ce qu'elle dit. Le jeu de la Vieille est semblable.

* LE VIEUX: Madame, la vie n'a jamais été bon marché.

LA VIEILLE (*à la Dame*): Vous avez raison... (*La Dame parle.*) Comme vous dites. Il serait temps que cela change... (*Changement de ton.*) Mon mari, peut-être, va s'en occuper... il vous le dira.

LE VIEUX (*à la Vieille*): Tais-toi, tais-toi, Sémiramis, ce n'est pas encore le moment d'en parler. (*A la Dame.*) Excusez-moi, Madame, d'avoir éveillé votre curiosité. (*La Dame réagit.*) Chère Madame, n'insistez pas...

Les deux Vieux sourient. Ils rient même. Ils ont l'air très contents de l'histoire racontée par la Dame invisible. Une pause, un blanc dans la conversation. Les figures ont perdu toute expression.

LE VIEUX (*à la même*): Oui, vous avez tout à fait raison...

LA VIEILLE: Oui, oui, oui,... oh! que non.

LE VIEUX: Oui, oui, oui. Pas du tout.

LA VIEILLE: Oui?

LE VIEUX: Non!?

LA VIEILLE: Vous l'avez dit.

LE VIEUX (*il rit*): Pas possible.

LA VIEILLE (*elle rit*): Oh! alors. (*Au Vieux.*) Elle est charmante.

LE VIEUX (*à la Vieille*): Madame a fait ta conquête. (*A la Dame.*) Mes félicitations!...

LA VIEILLE (*à la Dame*): Vous n'êtes pas comme les jeunes d'aujourd'hui...

LE VIEUX (*il se baisse péniblement pour ramasser un objet invisible que la Dame invisible a laissé tomber*): Laissez... ne vous dérangez pas... je vais le ramasser... oh! vous avez été plus vite que moi...

Il se relève.

LA VIEILLE (*au Vieux*): Elle n'a pas ton âge!

LE VIEUX (*à la Dame*): La vieillesse est un fardeau bien lourd. Je souhaite que vous restiez jeune éternellement.

LA VIEILLE (*à la même*): Il est sincère, c'est son bon cœur qui parle. (*Au Vieux.*) Mon chou!

Quelques instants de silence. Les vieux, de profil à la salle, regardent la Dame, souriant poliment; ils tournent ensuite la tête vers le public, puis regardent de nouveau la Dame, répondent par des sourires à son sourire; puis, par les répliques qui suivent à ses questions.

LA VIEILLE: Vous êtes bien aimable de vous intéresser à nous.

LE VIEUX: Nous vivons retirés.

LA VIEILLE: Sans être misanthrope, mon mari aime la solitude.

LE VIEUX: Nous avons la radio, je pêche à la ligne, et puis il y a un service de bateau assez bien fait.

LA VIEILLE: Le dimanche, il en passe deux le matin, un le soir, sans compter les embarcations privées.

LE VIEUX (*à la Dame*): Quand il fait beau, il y a la lune.

LA VIEILLE (*à la même*): Il assume toujours ses fonctions de Maréchal des logis... ça l'occupe... C'est vrai, à son âge, il pourrait prendre du repos.

LE VIEUX (*à la Dame*): J'aurai bien le temps de me reposer dans la tombe.

LA VIEILLE (*au Vieux*): Ne dis pas ça, mon petit chou... (*A la Dame.*) La famille, ce qu'il en reste, les camarades de mon mari, venaient encore nous voir, de temps à autre, il y a dix ans...

LE VIEUX (*à la Dame*): L'hiver, un bon livre, près du radiateur, des souvenirs de toute une vie...

LA VIEILLE (*à la Dame*): Une vie modeste mais bien remplie... deux heures par jour, il travaille à son message.

On entend sonner. Depuis très peu d'instants, on entendait le glissement d'une embarcation.

LA VIEILLE (*au Vieux*): Quelqu'un. Va vite.

LE VIEUX (*à la Dame*): Vous m'excusez, Madame! Un instant! (*A la Vieille.*) Va vite chercher des chaises!

* LA VIEILLE (*à la Dame*): Je vous demande un petit moment, ma chère.

On entend de violents coups de sonnette.

LE VIEUX (*se dépêchant, tout cassé, vers la porte à droite, tandis que la Vieille va vers la porte cachée, à gauche, se dépêchant mal, boitillant*): C'est une personne bien autoritaire. (*Il se dépêche, il ouvre la porte nº 2; entrée du Colonel invisible; peut-être sera-t-il utile que l'on entende, discrètement, quelques sons de trompette, quelques notes du «Salut au Colonel»; dès qu'il a ouvert la porte, apercevant le Colonel invisible, le Vieux se fige en un «Garde à*
* *vous» respectueux.*) Ah!... mon Colonel! (*Il lève vaguement le bras en direction de son front, pour un salut qui ne se précise pas.*) Bonjour, mon Colonel... C'est un honneur étonnant pour moi... je... je... je ne m'attendais pas... bien que... pourtant... bref, je suis très fier de recevoir, dans ma demeure discrète, un héros de votre taille... (*Il serre la main invisible que lui tend le Colonel invisible et s'incline cérémonieusement, puis se redresse.*) Sans fausse modestie, toutefois, je me permets de vous avouer que je ne me sens pas indigne de votre visite! Fier, oui... indigne, non!...

La Vieille apparaît avec sa chaise, par la droite.

LA VIEILLE: Oh! Quel bel uniforme! Quelles belles décorations! Qui est-ce, mon chou?

LE VIEUX (*à la Vieille*): Tu ne vois donc pas que c'est le Colonel?

LA VIEILLE (*au Vieux*): Ah!

LE VIEUX (*à la Vieille*): Compte les galons! (*Au Colonel.*) C'est mon épouse, Sémiramis. (*A la Vieille.*) Approche, que je te présente à mon Colonel. (*La Vieille s'approche, traînant d'une main la chaise, fait une révérence sans lâcher la chaise. Au Colonel.)* Ma femme. (*A la Vieille.*) Le Colonel.

LA VIEILLE: Enchantée, mon Colonel. Soyez le bienvenu. Vous êtes un camarade de mon mari, il est Maréchal...

LE VIEUX (*mécontent*): Des logis, des logis...

LA VIEILLE (*le Colonel invisible baise la main de la Vieille; cela se voit d'après le geste de la main de la Vieille se soulevant comme vers des lèvres; d'émotion, la Vieille lâche la chaise*): Oh! il est bien poli... ça se voit que c'est un supérieur, un être supérieur!... (*Elle reprend la chaise; au Colonel.*) La chaise est pour vous...

LE VIEUX (*au Colonel invisible*): Daignez nous suivre... (*Ils se dirigent tous vers le devant de la scène, la Vieille traînant la chaise; au Colonel.*) Oui, nous avons quelqu'un. Nous attendons beaucoup d'autres personnes!...

La Vieille place la chaise à droite.

LA VIEILLE (*au Colonel*): Asseyez-vous, je vous prie.

Le Vieux présente l'un à l'autre les deux personnages invisibles.

LE VIEUX: Une jeune dame de nos amies...

LA VIEILLE: Une très bonne amie...

LE VIEUX (*même jeu*): Le Colonel... un éminent militaire.

LA VIEILLE (*montrant la chaise qu'elle vient d'apporter au Colonel*): Prenez donc cette chaise...

LE VIEUX (*à la Vieille*): Mais non, tu vois bien que le Colonel veut s'asseoir à côté de la Dame!...

Le Colonel s'assoit invisiblement sur la troisième chaise à partir de la gauche de la scène; la Dame invisible est supposée se trouver sur la deuxième; une conversation inaudible s'engage entre les deux personnages invisibles assis l'un près de l'autre; les deux vieux restent debout, derrière leurs chaises, d'un côté et de l'autre des deux invités invisibles; le vieux à gauche à côté de la Dame, la Vieille, à la droite du Colonel.

LA VIEILLE (*écoutant la conversation des deux invités*): Oh! Oh! C'est trop fort.

LE VIEUX (*même jeu*): Peut-être. (*Le Vieux et la Vieille, par-dessus les têtes des deux invités, se feront des signes, tout en suivant la conversation qui prend une tournure qui a l'air de mécontenter les vieux. Brusquement.*) Oui, mon Colonel, ils ne sont pas encore là, ils vont venir. C'est l'Orateur qui parlera pour moi, il expliquera le sens de mon message... Attention, Colonel, le mari de cette dame peut arriver d'un instant à l'autre.

LA VIEILLE (*au Vieux*): Qui est ce monsieur?

LE VIEUX (*à la Vieille*): Je te l'ai dit, c'est le Colonel.

Il se passe, invisiblement, des choses inconvenantes.

LA VIEILLE (*au Vieux*): Je le savais.

LE VIEUX: Alors pourquoi le demandes-tu?

LA VIEILLE: Pour savoir. Colonel, pas par terre les mégots!

LE VIEUX (*au Colonel*): Mon Colonel, mon Colonel, j'ai oublié. La dernière guerre, l'avez-vous perdue ou gagnée?

* LA VIEILLE (*à la Dame invisible*): Mais ma petite, ne vous laissez pas faire!

LE VIEUX: Regardez-moi, regardez-moi, ai-je l'air d'un mauvais soldat? Une fois, mon Colonel, à une bataille...

LA VIEILLE: Il exagère! C'est inconvenant! (*Tire le Colonel par sa manche invisible.*) Écoutez-le! Mon chou, ne le laisse pas faire!

LE VIEUX (*continuant vite*): A moi tout seul, j'ai tué 209, on les appelait ainsi car ils sautaient très haut pour échapper, pourtant moins nombreux que les mouches, c'est moins amusant, évidemment, Colonel, mais grâce à ma force de caractère, je les ai... Oh! non, je vous en prie, je vous en prie.

LA VIEILLE (*au Colonel*): Mon mari ne ment jamais: nous sommes âgés, il est vrai, pourtant nous sommes respectables.

LE VIEUX (*avec violence au Colonel*): Un héros doit aussi être poli, s'il veut être un héros complet!

LA VIEILLE (*au Colonel*): Je vous connais depuis bien longtemps. Je n'aurais jamais cru cela de votre part. (*A la Dame, tandis que l'on entend des barques.*) Je n'aurais jamais cru cela de sa part. Nous avons notre dignité, un amour-propre personnel.

LE VIEUX (*d'une voix très chevrotante*): Je suis encore en mesure de porter les armes. (*Coup de sonnette.*) Excusez-moi, je vais ouvrir. (*Il fait un faux mouvement, la chaise de la dame invisible se renverse.*) Oh, pardon.

LA VIEILLE (*se précipitant*): Vous ne vous êtes pas fait du mal. (*Le Vieux et la Vieille aident la Dame invisible à se relever.*) Vous vous êtes salie, il y a de la poussière.

Elle aide la Dame à s'épousseter. Nouveau coup de sonnette.

LE VIEUX: Je m'excuse, je m'excuse. (*A la Vieille.*) Va chercher une chaise.

LA VIEILLE (*aux deux invités invisibles*): Excusez-nous un instant.

Tandis que le Vieux va ouvrir la port n° 3, la Vieille sort pour aller chercher une chaise par la porte n° 5 et reviendra par la porte n° 8.

LE VIEUX (*se dirigeant vers la porte*): Il voulait me faire enrager. Je suis presque en colère. (*Il ouvre la porte.*) Oh! Madame, c'est vous! Je n'en crois pas mes yeux, et pourtant si... je ne m'y attendais plus du tout... vraiment c'est... Oh! Madame, Madame... j'ai pourtant bien pensé à vous, toute ma vie, toute la vie, Madame, on vous appelait «la belle»... c'est votre mari... on me l'a dit, assurément... vous n'avez pas changé du tout... oh! si, si, comme votre nez s'est allongé, comme il a gonflé... je ne m'en étais pas aperçu à première vue, mais je m'en aperçois... terriblement allongé... ah! quel dommage! Ce n'est tout de même pas exprès... comment cela est-il arrivé... petit à petit... excusez-moi, Monsieur et cher ami, permettez-moi de vous appeler cher ami, j'ai connu votre femme bien avant vous... c'était la même, avec un nez tout différent... je vous félicite, Monsieur, vous avez l'air de beaucoup vous aimer. (*La Vieille, par la porte n° 8, apparaît avec une chaise.*) Sémiramis, il y a deux personnes d'arrivées, il faut encore une chaise... (*La Vieille pose la chaise derrière les quatre autres, puis sort par la porte 8 pour rentrer par la porte 5, au bout de quelques instants, avec une autre chaise qu'elle posera à côté de celle qu'elle venait d'apporter. A ce moment, le Vieux sera arrivé avec ses deux invités près de la Vieille.*) Approchez, approchez, nous avons déjà du monde, je vais vous présenter... ainsi donc, Madame... oh! belle, belle, mademoiselle Belle, ainsi on vous appelait... vous êtes courbée en deux... oh! Monsieur, elle est bien belle encore quand même, sous ses lunettes, elle a encore ses jolis yeux; ses cheveux sont blancs, mais sous les blancs il y a les bruns, les bleus, j'en suis certain... approchez, approchez... qu'est-ce que c'est, Monsieur, un cadeau, pour ma femme? (*A la Vieille qui vient d'arriver avec la chaise.*) Sémiramis, c'est la belle, tu sais, la belle... (*Au Colonel et à la première Dame invisible.*) C'est mademoiselle, pardon, madame Belle, ne souriez pas... et son mari... (*A la Vieille.*) Une amie d'enfance, je t'en ai souvent parlé... et son mari. (*De nouveau au Colonel et à la première Dame invisibles.*) Et son mari...

LA VIEILLE (*fait la révérence*): Il présente bien, ma foi. Il a belle allure. Bonjour, Madame, bonjour, Monsieur. (*Elle montre aux nouveaux venus les deux autres personnes invisibles.*) Des amis, oui...

LE VIEUX (*à la Vieille*): Il vient t'offrir un cadeau.

La Vieille prend le cadeau.

LA VIEILLE: Est-ce une fleur, Monsieur? ou un berceau? un poirier? ou un corbeau?

LE VIEUX (*à la Vieille*): Mais non, tu vois bien que c'est un tableau?

LA VIEILLE: Oh! comme c'est beau! Merci, Monsieur... (*A la première Dame invisible.*) Regardez, ma chère amie, si vous voulez.

LE VIEUX (*au Colonel invisible*): Regardez, si vous voulez.

LA VIEILLE (*au mari de la belle*): Docteur, docteur, j'ai des nausées, j'ai des bouffées, j'ai mal au cœur, j'ai des douleurs, je ne sens plus mes pieds, j'ai froid aux yeux, j'ai froid aux doigts, je souffre du foie, docteur, docteur!...

LE VIEUX (*à la Vieille*): Ce monsieur n'est pas docteur, il est photograveur.

LA VIEILLE (*à la première Dame*): Si vous avez fini de le regarder, vous pouvez l'accrocher. (*Au Vieux.*) Ça ne fait rien, il est quand même charmant, il est éblouissant. (*Au Photograveur.*) Sans vouloir vous faire de compliments...

Le Veiux et la Vieille doivent maintenant se trouver derrière les chaises, tout près l'un de l'autre, se touchant presque, mais dos à dos; ils parlent; le Vieux à la belle; la Vieille au Photograveur; de temps en temps, une réplique, en tournant la tête, est adressée à l'un ou à l'autre des deux premiers invités.

LE VIEUX (*à la belle*): Je suis très ému... Vous êtes bien vous, tout de même... Je vous aimais, il y a cent ans... Il y a en vous un tel changement... Il n'y a en vous aucun changement... Je vous aimais, je vous aime...

LA VIEILLE (*au Photograveur*): Oh! Monsieur, Monsieur, Monsieur...

LE VIEUX (*au Colonel*): Je suis d'accord avec vous sur ce point.

LA VIEILLE (*au Photograveur*): Oh, vraiment, Monsieur, vraiment... (*A la Première Dame.*) Merci de l'avoir accroché... Excusez-moi si je vous ai dérangé.

La lumière est plus forte à présent. Elle devient de plus en plus forte à mesure que rentrent les arrivants invisibles. *

LE VIEUX (*presque pleurnichant, à la belle*): Où sont les neiges d'antan?

LA VIEILLE (*au Photograveur*): Oh! Monsieur, Monsieur, Monsieur... oh! Monsieur...

LE VIEUX (*indiquant du doigt la première Dame à la belle*): C'est une jeune amie... Elle est très douce...

LA VIEILLE (*indiquant du doigt le Colonel au Photograveur*): Oui, il est Colonel d'État à cheval... un camarade de mon mari... un subalterne, mon mari est Maréchal...

LE VIEUX (*à la belle*): Vos oreilles n'ont pas toujours été pointues!... ma belle, vous souvenez-vous?

LA VIEILLE (*au Photograveur, minaudant, grotesque; elle doit l'être de plus en plus dans cette scène; elle montrera ses gros bas rouges, soulèvera ses nombreuses jupes, fera voir un jupon plein de trous, découvrira sa vieille poitrine; puis, les mains sur les hanches, lancera sa tête en arrière, en poussant des cris érotiques, avancera son bassin, les jambes écartées, elle rira, rire de vieille putain; ce jeu, tout différent de celui qu'elle a eu jusqu'à présent et de celui qu'elle aura*

par la suite, et qui doit révéler une personnalité cachée de la Vieille,
* *cessera brusquement*): Ce n'est plus de mon âge... Vous croyez?

LE VIEUX (*à la belle, très romantique*): De notre temps, la lune était un astre vivant, ah! oui, oui, si on avait osé, nous étions des enfants. Voulez-vous que nous rattrapions le temps perdu... peut-on encore? peut-on encore? ah! non, non, on ne peut plus. Le temps est passé aussi vite que le train. Il a tracé des rails sur la peau. Vous croyez que la chirurgie esthétique peut faire des miracles? (*Au Colonel.*) Je suis militaire, et vous aussi, les militaires sont toujours jeunes, les maréchaux sont comme des dieux... (*A la belle.*) Il en devrait être ainsi... hélas! hélas! nous avons tout perdu. Nous aurions pu être si heureux, je vous le dis; nous aurions pu, nous aurions pu; peut-être, des fleurs poussent sous la neige!...

LA VIEILLE (*au Photograveur*): Flatteur! coquin! ah! ah! Je fais plus jeune que mon âge? Vous êtes un petit apache! Vous êtes excitant.

* LE VIEUX (*à la belle*): Voulez-vous être mon Yseult et moi votre Tristan? la beauté est dans les cœurs... Comprenez-vous? On aurait eu la joie en partage, la beauté, l'éternité... l'éternité... Pourquoi n'avons-nous pas osé? Nous n'avons pas assez voulu... Nous avons tout perdu, perdu, perdu.

LA VIEILLE (*au Photograveur*): Oh non, oh! non, oh! là là, vous me donnez des frissons. Vous aussi, vous êtes chatouillé? chatouilleux ou chatouilleur? J'ai un peu honte... (*Elle rit.*) Aimez-vous mon jupon? Préférez-vous cette jupe?

LE VIEUX (*à la belle*): Une pauvre vie de Maréchal des logis!

* LA VIEILLE (*tourne la tête vers la première Dame invisible*): Pour préparer des crêpes de Chine? Un œuf de bœuf, une heure de beurre, du sucre gastrique. (*Au Photograveur.*) Vous avez des doigts adroits, ah... tout de mê-ê-ê-me!... oh-oh-oh-oh.

LE VIEUX (*à la belle*): Ma noble compagne, Sémiramis, a remplacé ma mère. (*Il se tourne vers le Colonel.*) Colonel, je vous l'avais pourtant bien dit, on prend la vérité où on la trouve.

Il se retourne vers la belle.

LA VIEILLE (*au Photograveur*): Vous croyez vraiment, vraiment, que l'on peut avoir des enfants à tout âge? des enfants de tout âge?

LE VIEUX (*à la belle*): C'est bien ce qui m'a sauvé: la vie intérieure, un intérieur calme, l'austérité, mes recherches scientifiques, la philosophie, mon message...

LA VIEILLE (*au Photograveur*): Je n'ai encore jamais trompé mon époux, le Maréchal... pas si fort, vous allez me faire tomber... Je ne suis que sa pauvre maman! (*Elle sanglote.*) Une arrière, arrière (*elle le repousse*), arrière... maman. Ces cris, c'est ma conscience qui les pousse. Pour moi, la branche du pommier est cassée. Cherchez ailleurs votre voie. Je ne veux pas cueillir les roses de la vie... *

LE VIEUX (*à la belle*): ...des préoccupations d'un ordre supérieur...

Le Vieux et la Vieille conduisent la belle et le Photograveur à côté des deux autres invités invisibles, et les font asseoir.

LE VIEUX ET LA VIEILLE (*au Photograveur et à la belle*): Asseyez-vous, asseyez-vous.

Les deux vieux s'assoient, lui à gauche, elle à droite avec les quatre chaises vides entre eux. Longue scène muette, ponctuée, de temps à autre, de «non», de «oui», de «non», de «oui». Les vieux écoutent ce que disent les personnes invisibles.

LA VIEILLE (*au Photograveur*): Nous avons eu un fils... il vit bien sûr... il s'en est allé... c'est une histoire courante... plutôt bizarre... Il a abandonné ses parents... il avait un cœur d'or... il y a bien longtemps... Nous qui l'aimions tant... il a claqué la porte... Mon mari et moi avons essayé de le tenir de force... il avait sept ans, l'âge de raison, on lui criait: Mon fils, mon enfant, mon fils, mon enfant... il n'a pas tourné la tête...

LE VIEUX: Hélas, non... non... nous n'avons pas eu d'enfant... J'aurais bien voulu avoir un fils... Sémiramis aussi... nous avons tout fait... ma pauvre Sémiramis, elle qui est si maternelle. Peut-être ne le fallait-il pas. Moi-même j'ai été un fils ingrat... Ah!... De la douleur, des regrets, des remords, il n'y a que ça... il ne nous reste que ça... *

LA VIEILLE: Il disait: Vous tuez les oiseaux! pourquoi tuez-vous les oiseaux?... Nous ne tuons pas les oiseaux... on n'a jamais fait de mal à une mouche... Il avait de grosses larmes dans les yeux. Il ne nous les laissait pas les essuyer. On ne pouvait pas l'approcher. Il disait: si, vous tuez tous les oiseaux, tous les oiseaux... Il nous montrait ses petits poings... Vous mentez, vous m'avez trompé! Les rues sont pleines d'oiseaux tués, de petits enfants qui agonisent. C'est le chant des oiseaux!... Non, ce sont des gémissements. Le ciel est rouge de sang... Non, mon enfant, il est bleu... Il criait encore: Vous m'avez trompé, je vous adorais, je vous croyais bons... les rues sont pleines d'oiseaux morts, vous leur avez crevé les yeux... Papa, maman, vous êtes méchants!... Je ne veux plus rester chez vous... Je me suis jetée à ses genoux... Son père pleurait. Nous n'avons pas pu l'arrêter... On l'entendit encore crier: C'est vous les responsables.... Qu'est-ce que c'est responsable?

LE VIEUX: J'ai laissé ma mère mourir toute seule dans un fossé. Elle m'appelait, gémissait faiblement: Mon petit enfant, mon fils bien-aimé, ne me laisse pas mourir toute seule... Reste avec moi. Je n'en ai pas pour bien longtemps. Ne t'en fais pas maman, lui dis-je, je reviendrai dans un instant... j'étais pressé... j'allais au bal, danser. Je reviendrai dans un instant. A mon retour, elle était morte déjà, et enterrée profondément... J'ai creusé la terre, je l'ai cherchée... je n'ai pas pu la trouver... Je * sais, je sais, les fils, toujours, abandonnent leur mère, tuent plus ou moins leur père... La vie est comme cela... mais moi, j'en souffre... les autres, pas...

LA VIEILLE: Il criait: Papa, maman, je ne vous reverrai pas...

LE VIEUX: J'en souffre, oui, les autres pas...

LA VIEILLE: Ne lui en parlez pas à mon mari. Lui qui aimait tellement ses parents. Il ne les a pas quittés un instant. Il les a soignés, choyés... Ils sont morts dans ses bras, en lui disant: Tu as été un fils parfait. Dieu sera bon pour toi.

LE VIEUX: Je la vois encore allongée dans son fossé, elle tenait du muguet dans sa main, elle criait: Ne m'oublie pas, ne m'oublie pas... elle avait de grosses larmes dans ses yeux, et m'appelait par mon surnom d'enfant: Petit poussin, disait-elle, petit poussin, ne me laisse pas toute seule, là.

LA VIEILLE (*au Photograveur*): Il ne nous a jamais écrit. De temps à autre, un ami nous dit qu'il l'a vu là, qu'il l'a vu ci, qu'il se porte bien, qu'il est un bon mari...

LE VIEUX (*à la belle*): A mon retour, elle était enterrée depuis longtemps. (*A la première Dame.*) Oh! si, oh! si, Madame, nous avons le cinéma dans la maison, un restaurant, des salles de bains...

LA VIEILLE (*au Colonel*): Mais oui, Colonel, c'est bien parce qu'il...

LE VIEUX: Dans le fond, c'est bien ça. *

Conversation à bâtons rompus, s'enlisant.

LA VIEILLE: Pourvu!

LE VIEUX: Ainsi je n'ai... je lui... Certainement...

LA VIEILLE (*dialogue disloqué; épuisement*): Bref.

LE VIEUX: A notre, et aux siens.

LA VIEILLE: A ce que.

LE VIEUX: Je le lui ai.

LA VIEILLE: Le, ou la?

LE VIEUX: Les.

LA VIEILLE: Les papillotes... Allons donc.

LE VIEUX: Il n'en est.

LA VIEILLE: Pourquoi?

LE VIEUX: Oui.

LA VIEILLE: Je.

LE VIEUX: Bref.

LA VIEILLE: Bref.

LE VIEUX (*à la première Dame*): Plaît-il, Madame?

Un long silence, les vieux restent figés sur leur chaise. Puis, on entend de nouveau sonner.

LE VIEUX (*avec une nervosité qui ira grandissant*): On vient. Du monde. Encore du monde.

LA VIEILLE: Il m'avait bien semblé entendre des barques...

LE VIEUX: Je vais ouvrir. Va chercher des chaises. Excusez-moi, Messieurs, Mesdames.

Il va vers la porte nº 7.

LA VIEILLE (*aux personnages invisibles qui sont déjà là*): Levez-vous, s'il vous plaît, un instant. L'Orateur doit bientôt venir.
* Il faut préparer la salle pour la conférence. (*La Vieille arrange les chaises, les dossiers tournés vers la salle.*) Donnez-moi un coup de main. Merci.

LE VIEUX (*il ouvre la porte nº 7*): Bonjour, Mesdames, bonjour, Messieurs. Donnez-vous la peine d'entrer.

Les trois ou quatre personnes invisibles qui arrivent sont très grandes et le Vieux doit se hausser sur les pointes des pieds pour serrer leur main.

La Vieille, après avoir placé les chaises comme il est dit ci-dessus, va à la suite du Vieux.

LE VIEUX (*faisant les présentations*): Ma femme... Monsieur... Madame... ma femme... Monsieur... Madame... ma femme...

LA VIEILLE: Qui sont tous ces gens-là, mon chou?

LE VIEUX (*à la Vieille*): Va chercher des chaises, chérie.

LA VIEILLE: Je ne peux pas tout faire!...

Elle sortira, tout en ronchonnant, par la porte nº 6, rentrera par la porte nº 7, tandis que le Vieux ira avec les nouveaux venus vers le devant de la scène.

LE VIEUX: Ne laissez pas tomber votre appareil cinématographique... (*Encore des présentations.*) Le Colonel... La Dame... Madame la Belle... Le Photograveur... Ce sont des journalistes, ils sont venus eux aussi écouter le conférencier, qui sera certainement là tout à l'heure... Ne vous impatientez pas... Vous n'allez pas vous ennuyer... tous ensemble... (*La Vieille fait son apparition avec deux chaises par la porte nº 7.*) Allons toi, plus vite avec tes chaises... il en faut encore une.

La Vieille va chercher une autre chaise, toujours ronchonnant, par la porte nº 3 et reviendra par la porte nº 8.

LA VIEILLE: Ça va, ça va... je fais ce que je peux... je ne suis pas une mécanique... Qui sont-ils tous ces gens-là?

Elle sort.

LE VIEUX: Asseyez-vous, asseyez-vous, les dames avec les dames, les messieurs avec les messieurs, ou le contraire, si vous voulez... Nous n'avons pas de chaises plus belles... c'est plutôt improvisé... excusez... prenez celle du milieu... voulez-vous un stylo?... téléphonez à Maillot, vous aurez Monique... Claude c'est providence... Je n'ai pas la radio... Je reçois tous les journaux... ça dépend d'un tas de choses; j'administre ces logis, mais je n'ai pas de personnel... il faut faire des économies... pas d'interview, je vous en prie, pour le moment... après, on verra... vous allez avoir tout de suite une place assise... mais qu'est-ce qu'elle fait?... (*La Vieille apparaît par la porte n° 8 avec une chaise.*) Plus vite, Sémiramis... *

LA VIEILLE: Je fais de mon mieux... Qui sont-ils tous ces gens-là?

LE VIEUX: Je t'expliquerai plus tard.

LA VIEILLE: Et celle-là? celle-là, mon chou?

LE VIEUX: Ne t'en fais pas... (*Au Colonel.*) Mon Colonel, le journalisme est un métier qui ressemble à celui du guerrier... (*A la Vieille.*) Occupe-toi un peu des dames, ma chérie... (*On sonne. Le Vieux se précipite vers la porte n° 8.*) Attendez, un instant... (*A la vieille.*) Tes chaises!

LA VIEILLE: Messieurs, Mesdames, excusez-moi...

Elle sortira par la porte n° 3, reviendra par la porte n° 2; le Vieux va ouvrir la porte cachée n° 9, et disparaît au moment où la Vieille réapparaît par la porte n° 3.

LE VIEUX (*caché*): Entrez... entrez... entrez... entrez... (*Il réapparaît, traînant derrière lui une quantité de personnes invisibles dont un tout petit enfant qu'il tient par la main.*) On ne vient pas avec des petits enfants à une conférence scientifique... il va s'ennuyer le pauvre petit... s'il se met à crier ou à pisser sur les robes des dames, cela va en faire du joli! (*Il les conduit au milieu de la scène, la Vieille arrive avec deux chaises.*) Je vous présente ma femme, Sémiramis; ce sont leurs enfants.

LA VIEILLE: Messieurs, mesdames... oh! qu'ils sont gentils!

LE VIEUX: Celui-là c'est le plus petit.

LA VIEILLE: Qu'il est mignon... mignon... mignon!

LE VIEUX: Pas assez de chaises.

LA VIEILLE: Ah! là là là là...

Elle sort chercher une autre chaise, elle utilisera maintenant pour entrer et sortir les portes n°s 2 et 3 à droite.

LE VIEUX: Prenez le petit sur vos genoux... Les deux jumeaux pourront s'asseoir sur une même chaise. Attention, elles ne sont pas solides... ce sont les chaises de la maison, elles appartiennent au propriétaire. Oui, mes enfants, il nous disputerait, il est méchant... il voudrait qu'on les lui achète, elles n'en valent pas la peine. (*La Vieille arrive le plus vite qu'elle peut avec une chaise.*) Vous ne vous connaissez pas tous... vous vous voyez pour la première fois... vous vous connaissiez tous de nom... (*A la Vieille.*) Sémiramis, aide-moi à faire les présentations...

LA VIEILLE: Qui sont tous ces gens-là?... Je vous présente, permettez, je vous présente... mais qui sont-ils?

LE VIEUX: Permettez-moi de vous présenter... que je vous présente... que je vous la présente... Monsieur, Madame, Mademoiselle... Monsieur... Madame... Madame... Monsieur...

LA VIEILLE (*au Vieux*): As-tu mis ton tricot? (*Aux invisibles.*) Monsieur, Madame, Monsieur...

Nouveau coup de sonnette.

LE VIEUX: Du monde!

Un autre coup de sonnette.

LA VIEILLE: Du monde!

Un autre coup de sonnette, puis d'autres, et d'autres encore; le vieux est débordé; les chaises, tournées vers l'estrade, dossiers à la salle, forment des rangées régulières, toujours augmentées, comme pour une salle de spectacle; le vieux essoufflé, s'épongeant le front, va d'une porte à l'autre, place les gens invisibles, tandis que la Vieille, clopin-clopant, n'en pouvant plus, va, le plus vite qu'elle peut, d'une porte à l'autre, chercher et porter des chaises; il y a maintenant beaucoup de personnes invisibles sur le plateau; les vieux font attention pour ne pas heurter les gens; pour se faufiler entre les rangées de chaises. Le mouvement pourra se faire comme suit; le Vieux va à la porte n° 4, la Vieille sort par la porte n° 3, revient par la porte n° 2; le Vieux va ouvrir la porte n° 7, la Vieille sort par la porte n° 8, revient par la porte n° 6 avec les chaises, etc., afin de faire le tour du plateau, par l'utilisation de toutes les portes.

LA VIEILLE: Pardon... pardon... quoi... ben... pardon... pardon... *

LE VIEUX: Messieurs... entrez... Mesdames... entrez... c'est Madame... permettez... oui...

LA VIEILLE (*avec des chaises*): Là... là... ils sont trop... Ils sont vraiment trop, trop... trop nombreux, ah! là là là là...

On entend du dehors de plus en plus fort et de plus en plus près les glissements des barques sur l'eau; tous les bruits ne viennent plus que des coulisses. La Vieille et le Vieux continuent le mouvement indiqué ci-dessus; on ouvre des portes, on apporte des chaises. Sonneries.

LE VIEUX: Cette table nous gêne. (*Il déplace, ou plutôt il esquisse le mouvement de déplacer une table, de manière à ne pas ralentir, aidé par la Vieille.*) Il n'y a guère de place, ici, excusez-nous...

LA VIEILLE (*en esquissant le geste de débarrasser la table, au Vieux*): As-tu mis ton tricot?

Coups de sonnette.

LE VIEUX: Du monde! Des chaises! du monde! des chaises! Entrez, entrez Messieurs-dames... Sémiramis, plus vite... On te donnera bien un coup de main...

LA VIEILLE: Pardon... pardon... bonjour, Madame... Madame... Monsieur... Monsieur... oui, oui, les chaises...

LE VIEUX (*tandis que l'on sonne de plus en plus fort et que l'on entend le bruit des barques heurtant le quai tout près, et de plus en plus fréquemment, s'empêtre dans les chaises, n'a presque pas le temps d'aller d'une porte à l'autre, tellement les sonneries se succèdent vite*): Oui, tout de suite... as-tu mis ton tricot? oui, oui... tout de suite, patience, oui, oui... patience...

LA VIEILLE: Ton tricot? Mon tricot?... pardon, pardon.

LE VIEUX: Par ici, Messieurs-dames, je vous demande... je vous de... pardon... mande... entrez, entrez... vais conduire... là, les places... chère amie... pas par là... attention... vous mon amie?...

* *Puis, un long moment, plus de paroles. On entend les vagues, les*
* *barques, les sonneries ininterrompues. Le mouvement est à son point culminant d'intensité. Les portes s'ouvrent et se ferment toutes à présent, sans arrêt. Seule, la grande porte du fond reste fermée. Allées et venues des vieux, sans un mot, d'une porte à l'autre; ils ont l'air de glisser sur des roulettes. Le vieux reçoit les gens, les accompagne, mais ne va pas très loin, il leur indique seulement les places après avoir fait un ou deux pas avec eux; il n'a pas le temps. La Vieille apporte des chaises. Le Vieux et la Vieille se rencontrent et se heurtent, une ou deux fois, sans interrompre le mouvement. Puis, au milieu et au fond de la scène, le Vieux, presque sur place, se tournera de gauche à droite, de droite à gauche, etc., vers toutes les portes et indiquera les places du bras. Le bras bougera très vite. Puis, enfin, la Vieille s'arrêtera, avec une chaise à la main, qu'elle posera, reprendra, reposera, faisant mine de vouloir aller elle aussi d'une porte à l'autre, de droite à gauche, de gauche à droite, bougeant très vite, la tête et le cou; cela ne doit pas faire tomber le mouvement; les deux vieux devront toujours donner l'impression de ne pas s'arrêter, tout en restant à peu près sur place; leurs mains, leur buste, leur tête, leurs yeux s'agiteront, en dessinant peut-être des petits cercles. Enfin, ralentissement, d'abord léger, progressif, du mouvement; les sonneries moins fortes, moins fréquentes; les portes s'ouvriront de moins en moins vite; les gestes des vieux ralentiront progressivement. Au moment où les portes cesseront tout à fait de s'ouvrir et de se fermer, les sonneries de se faire entendre, on devra avoir l'impression que le plateau est archiplein de monde.*

LE VIEUX: Je vais vous placer... patience... Sémiramis, bon sang...

LA VIEILLE (*un grand geste; les mains vides*): Il n'y a plus de chaises, mon chou. (*Puis, brusquement, elle se mettra à vendre des programmes invisibles dans la salle pleine, aux portes fermées.*)

Le programme, demandez le programme, le programme de la soirée, demandez le programme!

LE VIEUX: Du calme, Messieurs, Mesdames, on va s'occuper de vous... Chacun son tour, par ordre d'arrivée... Vous aurez de la place. On s'arrangera.

LA VIEILLE: Demandez le programme! Attendez donc un peu, Madame, je ne peux pas servir tout le monde à la fois, je n'ai pas trente-trois mains, je ne suis pas une vache... Monsieur, ayez, je vous prie, l'amabilité de passer le programme à votre voisine, merci... ma monnaie, ma monnaie...

LE VIEUX: Puisque je vous dis qu'on va vous placer! Ne vous énervez pas! Par ici, c'est par ici, là, attention... oh, cher ami... chers amis... *

LA VIEILLE: ... Programme... mandez gramme... gramme... *

LE VIEUX: Oui, mon cher, elle est là, plus bas, elle vend les programmes,... il n'y a pas de sots métiers... c'est elle... vous la voyez?... vous avez une place dans la deuxième rangée... à droite... non, à gauche... c'est ça!...

LA VIEILLE: ...gramme... gramme... programme... demandez le programme...

LE VIEUX: Que voulez-vous que j'y fasse? Je fais de mon mieux! (*A des invisibles assis.*) Poussez-vous un petit peu s'il vous plaît... encore une petite place, elle sera pour vous, Madame... approchez. (*Il monte sur l'estrade, obligé par la pousée de la foule.*) Mesdames, Messieurs, veuillez nous excuser, il n'y a plus de places assises...

LA VIEILLE (*qui se trouve à un bout opposé, en face du vieux, entre la porte nº 3 et la fenêtre*): Demandez le programme... qui veut le programme? Chocolat glacé, caramels... bonbons acidulés... (*Ne pouvant bouger, la Vieille, coincée par la foule, lance ses programmes et ses bonbons au hasard, par-dessus les têtes invisibles.*) En voici! en voilà!

LE VIEUX (*sur l'estrade, debout, très animé; il est bousculé, descend de l'estrade, remonte, redescend, heurte un visage, est heurté par un coude, dit*): Pardon... mille excuses... faites attention...

Poussé, il chancelle, a du mal à rétablir son équilibre, s'agrippe à des épaules.

LA VIEILLE: Qu'est-ce que c'est que tout ce monde? Programme, demandez donc le programme, chocolat glacé.

LE VIEUX: Mesdames, Mesdemoiselles, Messieurs, un instant de silence je vous en supplie... du silence... c'est très important... les personnes qui n'ont pas de places assises sont priées de bien vouloir dégager le passage... c'est ça... Ne restez pas entre les chaises.

LA VIEILLE (*au Vieux presque criant*): Qui sont tous ces gens-là, mon chou? Qu'est-ce qu'ils viennent faire ici?

LE VIEUX: Dégagez, Messieurs-dames. Les personnes qui n'ont pas de place assise doivent, pour la commodité de tous, se mettre debout, contre le mur, là, sur la droite ou la gauche... vous entendrez tout, vous verrez tout, ne craignez rien, toutes les places sont bonnes!

Il se fait un grand remue-ménage; poussé par la foule, le Vieux fera presque le tour du plateau et devra se trouver à la fenêtre de droite, près de l'escabeau; la Vieille devra faire le même mouvement en sens inverse, et se trouvera à la fenêtre de gauche, près de l'escabeau.

LE VIEUX (*faisant le mouvement indiqué*): Ne poussez pas, ne poussez pas.

LA VIEILLE (*même jeu*): Ne poussez pas, ne poussez pas.

LE VIEUX (*même jeu*): Poussez pas, ne poussez pas.

LA VIEILLE (*même jeu*): Ne poussez pas, Messieurs-dames, ne poussez pas.

LE VIEUX (*même jeu*): Du calme... doucement... du calme... qu'est-ce que...

LA VIEILLE (*même jeu*): Vous n'êtes pourtant pas des sauvages, tout de même.

Ils sont enfin arrivés à leurs places définitives. Chacun près de sa fenêtre. Le Vieux, à gauche, à la fenêtre du côté de l'estrade. La Vieille à droite. Ils ne bougeront plus jusqu'à la fin.

LA VIEILLE (*elle appelle son Vieux*): Mon chou... je ne te

vois plus... où es-tu? Qui sont-ils? Qu'est-ce qu'ils veulent tous ces gens-là? Qui est celui-là?

LE VIEUX: Où es-tu? Où es-tu Sémiramis?

LA VIEILLE: Mon chou, où es-tu?

LE VIEUX: Ici, près de la fenêtre... m'entends-tu...

LA VIEILLE: Oui, j'entends ta voix!... Il y en a beaucoup... mais je distingue la tienne...

LE VIEUX: Et toi, où es-tu?

LA VIEILLE: A la fenêtre moi aussi!... Mon chéri, j'ai peur, il y a trop de monde... nous sommes bien loin l'un de l'autre... à notre âge, nous devons faire attention... nous pourrions nous égarer... Il faut rester tout près, on ne sait jamais, mon chou, mon chou...

LE VIEUX: Ah!... je viens de t'apercevoir... oh!... on se reverra, ne crains rien... je suis avec des amis. (*Aux amis.*) Que je suis content de vous serrer la main... Mais oui, je crois au progrès, ininterrompu, avec des secousses, pourtant, pourtant...

LA VIEILLE: Ça va, merci... Quel mauvais temps! Comme il fait beau! (*A part.*) J'ai peur quand même... Qu'est-ce que je fais là?... (*Elle crie.*) Mon chou! Mon chou!...

Chacun de son côté parlera aux invités.

LE VIEUX: Pour empêcher l'exploitation de l'homme par l'homme, il nous faut de l'argent, de l'argent, encore de l'argent!

LA VIEILLE: Mon chou! (*Puis accaparée par des amis.*) Oui, mon mari est là, c'est lui qui organise... là-bas... oh! vous n'y arriverez pas... il faudrait pouvoir traverser, il est avec des amis...

LE VIEUX: Certainement pas... je l'ai toujours dit... la logique pure, ça n'existe pas... c'est de l'imitation.

LA VIEILLE: Voyez-vous, il y a de ces gens heureux. Le matin, ils prennent leur petit déjeuner en avion, à midi, ils déjeunent en chemin de fer, le soir, ils dînent en paquebot. Ils dorment la nuit dans des camions qui roulent, roulent, roulent...

LE VIEUX: Vous parlez de la dignité de l'homme? Tâchons au moins de sauver la face. La dignité n'est que son dos.

LA VIEILLE: Ne glissez pas dans les ténèbres.

Elle éclate de rire, en conversation.

LE VIEUX: Vos compatriotes me le demandent.

LA VIEILLE: Certainement... racontez-moi tout.

LE VIEUX: Je vous ai convoqués... pour qu'on vous explique... l'individu et la personne, c'est une seule et même personne.

LA VIEILLE: Il a un air emprunté. Il nous doit beaucoup d'argent.

LE VIEUX: Je ne suis pas moi-même. Je suis un autre. Je suis l'un dans l'autre.

LA VIEILLE: Mes enfants, méfiez-vous les uns des autres.

LE VIEUX: Je me réveille quelquefois au milieu du silence absolu. C'est la sphère. Il n'y manque rien. Il faut faire attention cependant. Sa forme peut disparaître subitement. Il y a des trous par où elle s'échappe.

LA VIEILLE: Des revenants, voyons, des fantômes, des rien du tout... Mon mari exerce des fonctions très importantes, sublimes.

LE VIEUX: Excusez-moi... Ce n'est pas du tout mon avis!... Je vous ferai connaître à temps mon opinion à ce sujet... Je ne dirai rien pour le moment!... C'est l'orateur, celui que nous attendons, c'est lui qui vous dira, qui répondra pour moi, tout ce qui nous tient à cœur... Il vous expliquera tout... quand?... lorsque le moment sera venu... le moment viendra bientôt...

LA VIEILLE (*de son côté à ses amis*): Le plus tôt sera le mieux... Bien entendu... (*A part.*) Ils ne vont plus nous laisser tranquilles. Qu'ils s'en aillent!... Mon pauvre chou où est-il, je ne l'aperçois plus...

LE VIEUX (*même jeu*): Ne vous impatientez pas comme ça. Vous entendrez mon message. Tout à l'heure.

LA VIEILLE (*à part*): Ah!... j'entends sa voix!... (*Aux amis.*) Savez-vous, mon époux a toujours été incompris. Son heure enfin est venue.

LE VIEUX: Écoutez-moi. J'ai une riche expérience. Dans tous les domaines de la vie, de la pensée... Je ne suis pas un égoïste: il faut que l'humanité en tire son profit.

LA VIEILLE: Aïe! Vous me marchez sur les pieds... J'ai des engelures!

LE VIEUX: J'ai mis au point tout un système. (*A part.*) L'orateur devrait être là! (*Haut.*) J'ai énormément souffert.

LA VIEILLE: Nous avons beaucoup souffert. (*A part.*) L'Orateur devrait être là. C'est l'heure pourtant.

LE VIEUX: Beaucoup souffert, beaucoup appris.

LA VIEILLE (*comme l'écho*): Beaucoup souffert, beaucoup appris.

LE VIEUX: Vous verrez vous-même, mon système est parfait.

LA VIEILLE (*comme l'écho*): Vous verrez vous-même, son système est parfait.

LE VIEUX: Si on veut bien obéir à mes instructions.

LA VIEILLE (écho): Si on veut suivre ses instructions.

LE VIEUX: Sauvons le monde!...

LA VIEILLE (écho): Sauver son âme en sauvant le monde!...

LE VIEUX: Une seule vérité pour tous!

LA VIEILLE (écho): Une seule vérité pour tous!

LE VIEUX: Obéissez-moi!...

LA VIEILLE (écho): Obéissez-lui!...

LE VIEUX: Car j'ai la certitude absolue!...

LA VIEILLE (écho): Il a la certitude absolue!

LE VIEUX: Jamais...

LA VIEILLE (écho): Au grand jamais...

Soudain on entend dans les coulisses du bruit, des fanfares.

LA VIEILLE: Que se passe-t-il?

Les bruits grandissent, puis la porte du fond s'ouvre toute grande, à grand fracas; par la porte ouverte, on n'aperçoit que le vide, mais très puissante, une grande lumière envahit le plateau par la grande porte et les fenêtres qui, à l'arrivée de l'Empereur, se sont fortement éclairées.

LE VIEUX: Je ne sais pas... je ne crois pas... est-ce possible... mais oui... mais oui... incroyable... et pourtant si... oui... si... oui... c'est l'Empereur! Sa Majesté l'Empereur!

Lumière maximum d'intensité, par la porte ouverte, par les fenêtres; mais lumière froide, vide; des bruits encore qui cesseront brusquement.

LA VIEILLE: Mon chou... mon chou.. qui est-ce?

LE VIEUX: Levez-vous!... C'est Sa Majesté l'Empereur! L'Empereur, chez moi, chez nous... Sémiramis... te rends-tu compte?

LA VIEILLE (*ne comprenant pas*): L'Empereur... L'Empereur? mon chou! (*Puis soudain, elle comprend.*) Ah! oui, l'Empereur! Majesté! Majesté! (*Elle fait éperdument des révérences grotesques, innombrables.*) Chez nous! chez nous!

LE VIEUX (*pleurant d'émotion*): Majesté!... Oh! ma Majesté!... ma petite, ma grande Majesté!... Oh! quelle sublime grâce... c'est un rêve merveilleux...

LA VIEILLE (*comme l'écho*): Rêve merveilleux... erveilleux...

LE VIEUX (*à la foule invisible*): Mesdames, Messieurs, levez-vous, notre Souverain bien-aimé, l'Empereur, est parmi nous! Hourrah! Hourrah!

Il monte sur l'escabeau; il se soulève sur la pointe des pieds pour pouvoir apercevoir l'Empereur; la Vieille, de son côté, fait pareil.

LA VIEILLE: Hourrah! Hourrah!

Trépignements.

LE VIEUX: Votre Majesté! Je suis là!... Votre Majesté! M'entendez-vous? Me voyez-vous? Faites donc savoir à sa Majesté que je suis là! Majesté! Majesté!!! Je suis là, votre plus fidèle serviteur!...

LA VIEILLE (*toujours faisant écho*): Votre plus fidèle serviteur, Majesté!

LE VIEUX: Votre serviteur, votre esclave, votre chien, houh, haouh, votre chien, Majesté...

LA VIEILLE (*pousse très fort des hurlements de chien*): Houh... houh... houh...

LE VIEUX (*se tordant les mains*): Me voyez-vous? Répondez, Sire!... Ah, je vous aperçois, je viens d'apercevoir la figure auguste de votre Majesté... Votre front divin... Je l'ai aperçu, oui, malgré l'écran des courtisans...

LA VIEILLE: Malgré les courtisans... nous sommes là, Majesté.

LE VIEUX: Majesté! Majesté! Ne laissez pas, Mesdames, Messieurs, Sa Majesté debout... vous voyez ma Majesté, je suis vraiment le seul à avoir soin de vous, de votre santé, je suis le plus fidèle de vos sujets...

LA VIEILLE (écho): Les plus fidèles sujets de votre Majesté!

LE VIEUX: Laissez-moi donc passer, Mesdames et Messieurs... comment faire pour me frayer un passage dans cette cohue... il faut que j'aille présenter mes très humbles respects à Sa Majesté l'Empereur... Laissez-moi passer...

LA VIEILLE (*en écho*): Laissez-le passer... laissez-le passer... passer... assez...

LE VIEUX: Laissez-moi passer, laissez-moi donc passer. (*Désespéré.*) Ah! arriverai-je jamais jusqu'à Lui?

LA VIEILLE (écho): A lui... à lui...

LE VIEUX: Pourtant, mon cœur et tout mon être sont à Ses pieds, la foule des courtisans l'entoure, ah! ah! ils veulent m'empêcher d'arriver jusqu'à lui... Ils se doutent bien eux tous que... oh! je m'entends, je m'entends... Les intrigues de la Cour, je connais ça... On veut me séparer de votre Majesté!

LA VIEILLE: Calme-toi, mon chou... Sa Majesté te voit, te regarde... Sa Majesté m'a fait un clin d'œil... Sa Majesté est avec nous!...

LE VIEUX: Qu'on donne à l'Empereur la meilleure place... près de l'estrade... qu'il entende tout ce que dira l'Orateur.

LA VIEILLE (*se hissant sur son escabeau, sur la pointe despieds, soulevant son menton le plus haut qu'elle peut, pour mieux voir*): On s'occupe de l'Empereur enfin.

LE VIEUX: Le ciel soit loué! (*A l'Empereur.*) Sire... que votre Majesté ait confiance. C'est un ami, mon représentant, qui est auprès de Votre Majesté. (*Sur la pointe des pieds, debout sur un escabeau.*) Messieurs, Mesdames, Mesdemoiselles, mes petits enfants, je vous implore...

LA VIEILLE (*en écho*): Plore... plore...

LE VIEUX: ...Je voudrais voir... écartez-vous... je voudrais... le regard céleste, le respectable visage, la couronne, l'auréole de Sa Majesté... Sire, daignez tourner votre illustre face de mon côté, vers votre serviteur humble... si humble... oh! j'aperçois nettement cette fois... j'aperçois...

LA VIEILLE (écho): Il aperçoit cette fois... il aperçoit... çoit...

LE VIEUX: Je suis au comble de la joie... je n'ai pas de paroles pour exprimer la démesure de ma gratitude... dans mon modeste logis, oh! Majesté! oh! soleil!... ici... ici.. dans ce logis où je suis, il est vrai, le Maréchal... mais dans la hiérarchie de votre armée, je ne suis qu'un simple Maréchal des logis...

LA VIEILLE (écho): Maréchal des logis...

LE VIEUX: J'en suis fier... fier et humble, à la fois... comme il se doit... hélas! certes, je suis Maréchal, j'aurais pu être à la Cour impériale, je ne surveille ici qu'une petite cour... Majesté... je... Majesté, j'ai du mal à m'exprimer... j'aurais pu avoir... beaucoup de choses, pas mal de biens si j'avais su, si j'avais voulu, si je... si nous... Majesté, excusez mon émotion...

*LA VIEILLE: A la troisième personne!

LE VIEUX (*pleurnichant*): Que votre Majesté daigne m'excuser! Vous êtes donc venu... on n'espérait plus... on aurait pu ne pas être là... oh! sauveur, dans ma vie, j'ai été humilié...

LA VIEILLE (écho) (*sanglotant*): ...milié... milié...

LE VIEUX: J'ai beaucoup souffert dans ma vie... J'aurais pu être quelque chose, si j'avais pu être sûr de l'appui de votre Majesté... je n'ai aucun appui... si vous n'étiez pas venu, tout aurait été trop tard... vous êtes, Sire, mon dernier recours...

LA VIEILLE (écho): Dernier recours... Sire... ernier recours... ire... recours...

LE VIEUX: J'ai porté malheur à mes amis, à tous ceux qui m'ont aidé... La foudre frappait la main qui vers moi se tendait...

LA VIEILLE (écho): ...mains qui se tendaient... tendaient... aient...

LE VIEUX: On a toujours eu de bonnes raisons de me haïr, de mauvaises raisons de m'aimer...

LA VIEILLE: C'est faux, mon chou, c'est faux. Je t'aime moi, je suis ta petite mère...

LE VIEUX: Tous mes ennemis ont été récompensés et mes amis m'ont trahi...

LA VIEILLE (écho): Amis... trahi... trahi...

LE VIEUX: On m'a fait du mal. Ils m'ont persécuté. Si je me plaignais, c'est à eux que l'on donnait toujours raison... J'ai essayé, parfois, de me venger... je n'ai jamais pu, jamais pu me venger... j'avais trop pitié... je ne voulais pas frapper l'ennemi à terre, j'ai toujours été trop bon.

LA VIEILLE (écho): Il était trop bon, bon, bon, bon, bon...

LE VIEUX: C'est ma pitié qui m'a vaincu.

LA VIEILLE (écho): Ma pitié... pitié... pitié...

LE VIEUX: Mais eux n'avaient pas pitié. Je donnais un coup d'épingle, ils me frappaient à coups de massue, à coups de couteau, à coups de canon, ils me broyaient les os....

LA VIEILLE (écho): ...les os... les os.. les os...

LE VIEUX: On prenait ma place, on me volait, on m'assassinait... J'étais le collectionneur de désastres, le paratonnerre des catastrophes...

LA VIEILLE (écho): Paratonnerre... catastrophe... paratonnerre...

LE VIEUX: Pour oublier, Majesté, j'ai voulu faire du sport... de l'alpinisme... on m'a tiré par les pieds pour me faire glisser... j'ai voulu monter des escaliers, on m'a pourri les marches... Je me suis effondré... J'ai voulu voyager, on m'a refusé le passeport... J'ai voulu traverser la rivière, on m'a coupé les ponts...

LA VIEILLE (écho): Coupé les ponts.

LE VIEUX: J'ai voulu franchir les Pyrénées, il n'y avait déjà plus de Pyrénées.

LA VIEILLE (écho): Plus de Pyrénées... Il aurait pu être, lui aussi, Majesté, comme tant d'autres, un Rédacteur-chef, un Acteur-chef, un Docteur-chef, Majesté, un Roi-chef...

LE VIEUX: D'autre part, on n'a jamais voulu me prendre en considération... on ne m'a jamais envoyé les cartes d'invitation... Pourtant moi, écoutez, je vous le dis, moi seul aurais pu sauver l'humanité, qui est bien malade. Votre Majesté s'en rend compte comme moi... ou, du moins, j'aurais pu lui épargner les maux dont elle a tant souffert ce dernier quart de siècle, si j'avais eu l'occasion de communiquer mon message; je ne désespère pas de la sauver, il est encore temps, j'ai le plan... hélas, je m'exprime difficilement...

LA VIEILLE (*par-dessus les têtes invisibles*): L'Orateur sera là, il parlera pour toi... Sa Majesté est là... ainsi on écoutera, tu n'as plus à t'inquiéter, tu as tous les atouts, ça a changé, ça a changé...

LE VIEUX: Que votre Majesté me pardonne... elle a bien d'autres soucis... j'ai été humilié... Mesdames et messieurs, écartez-vous un tout petit peu, ne me cachez pas complètement le nez de Sa Majesté, je veux voir briller les diamants de la couronne impériale... Mais si votre Majesté a daigné venir sous mon toit misérable, c'est bien parce qu'elle condescend à prendre en considération ma pauvre personne. Quelle extraordinaire compensation. Majesté, si matériellement je me hausse sur la pointe des pieds, ce n'est pas par orgueil, ce n'est que pour vous contempler!... moralement je me jette à vos genoux...

LA VIEILLE (*sanglotant*): A vos genoux, Sire, nous nous jetons à vos genoux, à vos pieds, à vos orteils...

LE VIEUX: J'ai eu la gale. Mon patron m'a mis à la porte parce que je ne faisais pas la révérence à son bébé, à son cheval. J'ai reçu des coups de pied au cul, mais tout cela, Sire, n'a plus aucune importance... puisque... puisque... Sire... Majesté... regardez... je suis là... là...

LA VIEILLE (écho): Là... là... là... là... là... là...

LE VIEUX: Puisque votre Majesté est là... puisque votre Majesté prendra en considération mon message... Mais l'Orateur devrait être là... Il fait attendre Sa Majesté...

LA VIEILLE: Que Sa Majesté l'excuse. Il doit venir. Il sera là dans un instant. On nous a téléphoné.

LE VIEUX: Sa Majesté est bien bonne. Sa Majesté ne partira pas comme ça sans avoir tout écouté, tout entendu.

LA VIEILLE (écho): Tout entendu... entendu... tout écouté...

LE VIEUX: C'est lui qui va parler en mon nom... Moi, je ne peux pas... je n'ai pas de talent... lui il a tous les papiers, tous les documents...

LA VIEILLE (écho): Il a tous les documents...

LE VIEUX: Un peu de patience, Sire, je vous en supplie... il doit venir.

LA VIEILLE: Il doit venir à l'instant.

LE VIEUX (*pour que l'Empereur ne s'impatiente pas*): Majesté, écoutez, j'ai eu la révélation il y a longtemps... j'avais quarante ans... je dis ça aussi pour vous, Messieurs-dames... un soir, après le repas, comme de coutume, avant d'aller au lit, je m'assis sur les genoux de mon père... mes moustaches étaient plus grosses que les siennes et plus pointues... ma poitrine plus velue... mes cheveux grisonnants déjà, les siens étaient encore bruns... Il y avait des invités, des grandes personnes, à table, qui se mirent à rire, rire.

LA VIEILLE (écho): Rire... rire...

LE VIEUX: Je ne plaisante pas, leur dis-je. J'aime bien mon papa. On me répondit: Il est minuit, un gosse ne se couche pas si tard. Si vous ne faites pas encore dodo c'est que vous n'êtes plus un marmot. Je ne les aurais quand même pas crus s'ils ne m'avaient pas dit vous...

LA VIEILLE (écho): «Vous.»

LE VIEUX: Au lieu de tu...

LA VIEILLE (écho): Tu...

LE VIEUX: Pourtant, pensais-je, je ne suis pas marié. Je suis donc encore enfant. On me maria à l'instant même, rien que pour me prouver le contraire... Heureusement, ma femme m'a tenu lieu de père et de mère...

LA VIEILLE: L'Orateur doit venir, Majesté...

LE VIEUX: Il viendra, l'Orateur.

LA VIEILLE: Il viendra.

LE VIEUX: Il viendra.

LA VIEILLE: Il viendra.

LE VIEUX: Il viendra.

LA VIEILLE: Il viendra.

LE VIEUX: Il viendra, il viendra.

LA VIEILLE: Il viendra, il viendra.

LE VIEUX: Viendra.

LA VIEILLE: Il vient.
LE VIEUX: Il vient.
LA VIEILLE: Il vient, il est là.
LE VIEUX: Il vient, il est là.
LA VIEILLE: Il vient, il est là.
LE VIEUX ET LA VIEILLE: Il est là...
LA VIEILLE: Le voilà!... (*Silence; interruption de tout mouvement. Pétrifiés, les deux vieux fixent du regard la porte n° 5; la scène immobile dure assez longtemps, une demi-minute environ; très lentement, très lentement, la porte s'ouvre toute grande, silencieusement; puis l'Orateur apparaît; c'est un personnage réel. C'est le type du peintre ou du poète du siècle dernier: feutre noir à larges bords, lavallière, vareuse, moustache et barbiche, l'air assez cabotin, suffisant; si les personnages invisibles doivent avoir le plus de réalité possible, l'Orateur, lui, devra paraître irréel; en longeant le mur de droite, il ira, comme glissant, doucement, jusqu'au fond, en face de la grande porte, sans tourner la tête à droite ou à gauche; il passera près de la Vieille sans sembler la remarquer, même lorsque la Vieille touchera son bras pour s'assurer qu'il existe; à ce moment, la Vieille dira*): Le voilà!
LE VIEUX: Le voilà!
LA VIEILLE (*qui l'a suivi du regard et continuera de le suivre*): C'est bien lui, il existe. En chair et en os.
LE VIEUX (*le suivant du regard*): Il existe. Et c'est bien lui. Ce n'est pas un rêve!
LA VIEILLE: Ce n'est pas un rêve, je te l'avais bien dit.

Le Vieux croise les mains, lève les yeux au ciel; il exulte silencieusement. L'Orateur, arrivé au fond, enlève son chapeau, s'incline en silence, salue avec son chapeau comme un mousquetaire et un peu comme un automate, devant l'Empereur, invisible. A ce moment:

LE VIEUX: Majesté... je vous présente l'Orateur...
LA VIEILLE: C'est lui!

Puis l'Orateur remet son chapeau sur la tête et monte sur l'estrade où il regarde, de haut, le public invisible du plateau, les chaises; il se fige dans une pose solennelle.

LE VIEUX (*au public invisible*): Vous pouvez lui demander des autographes. (*Automatiquement, silencieusement, l'Orateur signe et distribue d'innombrables autographes. Le Vieux pendant ce temps lève encore les yeux au ciel en joignant les mains et dit, exultant*): Aucun homme, de son vivant, ne peut espérer plus...

LA VIEILLE (écho): Aucun homme ne peut espérer plus.

LE VIEUX (*à la foule invisible*): Et maintenant avec l'autorisation de votre Majesté, je m'adresse à vous tous, Mesdames, Mesdemoiselles, Messieurs, mes petits enfants, chers confrères, chers compatriotes, Monsieur le Président, mes chers compagnons d'armes...

LA VIEILLE (écho): Et mes petits enfants... ants... ants...

LE VIEUX: Je m'adresse à vous tous, sans distinction d'âge, de sexe, d'état civil, de rang social, de commerce, pour vous remercier, de tout mon cœur.

LA VIEILLE (écho): Vous remercier...

LE VIEUX: Ainsi que l'Orateur... chaleureusement, d'être venus en si grand nombre... du silence, Messieurs!...

LA VIEILLE (écho): ...Silence, Messieurs...

LE VIEUX: J'adresse aussi mes remerciements à tous ceux qui ont rendu possible la réunion de ce soir, aux organisateurs...

LA VIEILLE: Bravo!

Pendant ce temps, sur l'estrade, l'Orateur est solennel, immobile, sauf la main qui, automatiquement, signe des autographes.

LE VIEUX: Aux propriétaires de cet immeuble, à l'architecte, aux maçons qui ont bien voulu élever ces murs!...

LA VIEILLE (écho): ...murs...

LE VIEUX: A tous ceux qui en ont creusé les fondations... Silence, Messieurs-dames...

LA VIEILLE (écho): ...ssieurs-dames...

LE VIEUX: Je n'oublie pas et j'adresse mes plus vifs remerciements aux ébénistes qui fabriquèrent les chaises sur lesquelles vous pouvez vous asseoir, à l'artisan adroit...

LA VIEILLE (écho): ...droit...

LE VIEUX: ... qui fit le fauteuil dans lequel s'enfonce mollement votre Majesté, ce qui ne l'empêche pas cependant de conserver un esprit dur et ferme... Merci encore à tous les techniciens, * machinistes, électrocutiens...

LA VIEILLE (*en écho*): ...cutiens... cutiens...

LE VIEUX: ...aux fabricants de papier et aux imprimeurs, correcteurs, rédacteurs à qui nous devons les programmes, si joliment ornés, à la solidarité universelle de tous les hommes, merci, merci, à notre patrie, à l'État (*il se tourne du côté où doit se trouver l'Empereur*) dont votre Majesté dirige l'embarcation avec la science d'un vrai pilote... merci à l'ouvreuse...

LA VIEILLE (écho): ...ouvreuse... heureuse...

LE VIEUX (*il montre du doigt la Vieille*): Vendeuse de chocolats glacés et de programmes...

LA VIEILLE (écho): grammes...

LE VIEUX: ...mon épouse, ma compagne... Sémiramis!...

LA VIEILLE (écho): ...pouse... pagne... miss... (*A part.*) Mon chou, il n'oublie jamais de me citer.

LE VIEUX: Merci à tous ceux qui m'ont apporté leur aide financière ou morale, précieuse et compétente, contribuant ainsi à la réussite totale de la fête de ce soir... merci encore, merci surtout à notre Souverain bien-aimé, Sa Majesté l'Empereur...

LA VIEILLE (écho): ...jesté l'Empereur...

LE VIEUX (*dans un silence total*): ...Un peu de silence... Majesté...

LA VIEILLE (écho): ...ajesté... jesté...

LE VIEUX: Majesté, ma femme et moi-même n'avons plus rien à demander à la vie. Notre existence peut s'achever dans cette apothéose... merci au ciel qui nous a accordé de si longues et si paisibles années... Ma vie a été bien remplie. Ma mission est accomplie. Je n'aurai pas vécu en vain, puisque mon message sera révélé au monde... (*Geste vers l'orateur qui ne s'en aperçoit pas: ce dernier repousse du bras les demandes d'autographes, très digne et ferme.*) Au monde, ou plutôt à ce qu'il en reste! (*geste large vers la foule invisible*). A vous, Messieurs-dames et chers cama- * rades, qui êtes les restes de l'humanité, mais avec de tels restes on peut encore faire de la bonne soupe... Orateur ami... (*L'Ora-*

teur regarde autre part.) Si j'ai été longtemps méconnu, mésestimé par mes contemporains, c'est qu'il en devait être ainsi... (*Elle sangolote.*) Qu'importe à présent tout cela, puisque je te laisse, à toi, mon cher Orateur et ami (*L'Orateur rejette une nouvelle demande d'autographe; puis prend une pose indifférente, regarde de tous les côtés*) ...le soin de faire rayonner sur la postérité, la lumière de mon esprit... Fais donc connaître à l'Univers ma philosophie. Ne néglige pas non plus les détails, tantôt cocasses, tantôt douloureux ou attendrissants de ma vie privée, mes goûts, mon amusante gourmandise... raconte tout... parle de ma compagne... (*la Vieille redouble de sanglots*) ...de la façon dont elle préparait ses merveilleux petits pâtés turcs, de ses rillettes de lapin à la normandillette... parle du Berry, mon pays natal... Je compte sur toi, grand maître et Orateur... quant à moi et ma fidèle compagne, après de longues années de labeur pour le progrès de l'humanité pendant lesquelles nous fûmes les soldats de la juste cause, il ne nous reste plus qu'à nous retirer... à l'instant, afin de faire le sacrifice suprême que personne ne nous demande mais que nous accomplirons quand même... *
*

LA VIELLE (*sanglotant*): Oui, oui, mourons en pleine gloire... mourons pour entrer dans la légende... Au moins, nous aurons notre rue... *

LE VIEUX (*à la Vieille*): O, toi, ma fidèle compagne!... toi qui as cru en moi, sans défaillance pendant un siècle, qui ne m'as jamais quitté, jamais,... hélas, aujourd'hui, à ce moment suprême, la foule nous sépare sans pitié...

J'aurais pourtant
voulu tellement
finir nos os
sous une même peau
dans un même tombeau
de nos vieilles chairs
nourrir les mêmes vers
ensemble pourrir...

LA VIEILLE: ...ensemble pourrir...

LE VIEUX: Hélas!... hélas!...

LA VIEILLE: Hélas!... hélas!...

LE VIEUX: ...Nos cadavres tomberont loin de l'autre, nous pourrirons dans la solitude aquatique... Ne nous plaignons pas trop.

LA VIEILLE: Il faut faire ce qui doit être fait!...

LE VIEUX: Nous ne serons pas oubliés. L'Empereur éternel se souviendra de nous, toujours.

LA VIEILLE (écho): Toujours.

LE VIEUX: Nous laisserons des traces, car nous sommes des personnes et non pas des villes.

LE VIEUX ET LA VIEILLE (*ensemble*): Nous aurons notre rue!

LE VIEUX: Soyons unis dans le temps et dans l'éternité si nous ne pouvons l'être dans l'espace, comme nous le fûmes dans l'adversité: mourons au même instant... (*A l'Orateur impassible, immobile.*) Une dernière fois... je te fais confiance... je compte sur toi... Tu diras tout... Lègue le message... (*A l'Empereur.*) Que votre Majesté m'excuse... Adieu, vous tous. Adieu, Sémiramis.

LA VIEILLE: Adieu, vous tous!... Adieu, mon chou!

LE VIEUX: Vive l'Empereur!

Il jette sur l'Empereur invisible des confetti et des serpentins; on entend des fanfares; lumière vive, comme le feu d'artifice.

LA VIEILLE: Vive l'Empereur!

Confetti et serpentins en direction de l'Empereur, puis sur l'Orateur immobile et impassible, sur les chaises vides.

LE VIEUX (*même jeu*): Vive l'Empereur!

LA VIEILLE (*même jeu*): Vive l'Empereur!

LA VIEILLE ET LE VIEUX *en même temps se jettent chacun, par sa fenêtre, en criant «Vive l'Empereur». Brusquement le silence; plus de feu d'artifice, on entend un «Ah» des deux côtés du plateau, le bruit glauque des corps tombant à l'eau. La lumière venant des fenêtres et de la grande porte a disparu: il ne reste plus que la faible lumière du début; les fenêtres, noires, restent grand ouvertes; leurs rideaux flottent au vent.*

L'ORATEUR (*qui est resté immobile, impassible pendant la scène du double suicide, se décide au bout de plusieurs instants à parler; face aux rangées de chaises vides, il fait comprendre à la foule invisible, qu'il est sourd et muet; il fait des signes de sourd-muet; efforts désespérés pour se faire comprendre; puis il fait entendre des râles, des gémissements, des sons gutturaux de muet*): He, Mme, mm, mm.

Ju, gou, hou, hou.

Heu, heu, gu, gou, gueue.

Impuissant, il laisse tomber ses bras le long du corps; soudain, sa figure s'éclaire, il a une idée, il se tourne vers le tableau noir, il sort une craie de sa poche, et écrit, en grosses majuscules:

ANGEPAIN

puis.

NNAA NNM NWNWNW V

Il se tourne, de nouveau, vers le public invisible, le public du plateau, montre du doigt ce qu'il a tracé au tableau noir.

L'ORATEUR: Mmm, Mmm, Gueue, Gou, Gu. Mmm, Mmm, Mmm, Mmmm.

Puis, mécontent, il efface, avec des gestes brusques, les signes à la craie, les remplace par d'autres, parmi lesquels on distingue, toujours en grosses majuscules:

ΛADIEU ΛDIEU ΛPΛ

De nouveau, l'Orateur se tourne vers la salle; il sourit, interrogateur, ayant l'air d'espérer avoir été compris, avoir dit quelque chose; il montre, du doigt, aux chaises vides ce qu'il vient d'écrire; immobile quelques instants il attend, assez satisfait, un peu solennel, puis, devant l'absence d'une réaction espérée, petit à petit son sourire disparaît, sa figure s'assombrit; il attend encore un peu; tout d'un coup, il salue avec humeur, brusquerie, descend de l'estrade; s'en va vers la grande porte du fond, de sa démarche fantomatique; avant de sortir par cette porte, il salue cérémonieusement, encore, les rangées de chaises vides, l'invisible Empereur. La scène reste vide avec ses chaises, l'estrade, le parquet couverts de serpentins et de confetti. La porte du fond est grand ouverte sur le noir.

On entend pour la première fois les bruits humains de la foule invisible: ce sont des éclats de rire, des murmures, des «chut», des toussotements ironiques; faibles au début, ces bruits vont grandissant; puis, de nouveau, progressivement s'affaiblissent. Tout cela doit durer assez longtemps pour que le public — le vrai et visible — s'en aille avec cette fin bien gravée dans l'esprit. Le rideau tombe très lentement.[1]

[1] A la représentation, le rideau tombait sur les mugissements de l'orateur muet. Le tableau noir était supprimé.

RIDEAU

Notes

LA CANTATRICE CHAUVE

In 1948 Ionesco decided to learn English. He bought 'un manuel de conversation franco-anglais'. It was a beginners' book and he copied out phrases from it: 'je copiai pour les apprendre par cœur, les phrases tirées de mon manuel'.

> En les relisant attentivement, j'appris donc, non pas l'anglais, mais des vérités surprenantes: qu'il y a sept jours dans la semaine, par exemple, ce que je savais d'ailleurs; ou bien que le plancher est en bas, le plafond en haut, chose que je savais également, peut-être, mais à laquelle je n'avais jamais réfléchi sérieusement ou que j'avais oubliée, et qui m'apparaissait, tout à coup, aussi stupéfiante qu'indiscutablement vraie.[1]

Having discovered such universal truths, Ionesco continued his English studies and hit upon 'des vérités particulières'. The author of the textbook had introduced two characters, Mr and Mrs Smith, into the text.

> A mon grand émerveillement, Mme Smith faisait connaître à son mari qu'ils avaient plusieurs enfants, qu'ils habitaient dans les environs de Londres, que leur nom était Smith, que M. Smith était employé de bureau, qu'ils avaient une domestique, Mary, Anglaise également, qu'ils avaient, depuis vingt ans, des amis nommés Martin, que leur maison était un palais car 'la maison d'un Anglais est son vrai palais'.
>
> Je me disais bien que M. Smith devait être un peu au courant de tout ceci; mais, sait-on jamais, il y a des gens tellement distraits.[2]

Then in the fifth lesson, the Smiths' friends, the Martins, arrive.

> La conversation s'engageait entre les quatre et, sur les axiomes élémentaires, s'édifiaient des vérités plus complexes: 'la campagne est plus

[1] *Notes et Contre-notes.* Troisième Partie: Mes Pièces. 'La Cantatrice Chauve'. La Tragédie du Langage, pp. 155–6.

[2] Ibid., p. 156.

calme que la grande ville', affirmaient les uns; 'oui, mais à la ville la population est plus dense, il y a aussi d'avantage de boutiques', répliquaient les autres, ce qui est également vrai et prouve, par ailleurs, que des vérités antagonistes peuvent très bien coexister.[1]

It was a revelation to Ionesco.

Il ne s'agit plus pour moi de parfaire ma connaissance de la langue anglaise. . . . D'autre part les dialogues des Smith . . . c'était proprement du théâtre, le théâtre étant dialogue. C'était donc une pièce de théatre qu'il me fallait faire.[2]

PAGE

23 *l'apothéose:* 'apotheosis' or 'transfiguration' obviously does not make sense here according to everyday language. It is an example of a favourite device of Ionesco's; one of the characters in his play will rattle off a list of words, the first of which may have some relationship in logic; then the list suddenly switches to alliterative relationship which is otherwise meaningless—or 'absurd'. The audience, or the reader, is momentarily shocked; there is a second of tension, due to incomprehension, and often a release in laughter follows.

24 *La pendule sonne sept fois. La pendule sonne trois fois . . .:* Note that the stage directions are important. Here they indicate that time is also involved in the 'absurd'. The clock is going backwards. In the ensuing exchange between Mr and Mrs Smith time and events in time are not fixed and the laws of nature are solemnly confounded: 'Pauvre Bobby, il y avait quatre ans qu'il était mort et il était encore chaud.' The exchange of small-talk between husband and wife, with its 'twisted' logic, often produces some illuminating remarks, for example, when Mr Smith continues: 'Un véritable cadavre vivant.'

26 *De quel Bobby Watson parles-tu?:* The following exchange on the theme of Bobby Watson has something in common with the music-hall comedian and his 'stooge' or 'feed' exchanging patter,

[1] *Notes et Contre-notes.* Troisième Partie: Mes Pièces. 'La Cantatrice Chauve'. La Tragédie du Langage, pp. 156–7.

[2] Ibid., p. 157.

PAGE

or with the dame in pantomime, although admittedly Ionesco's pattern of question and answer does not involve the 'stooge' in repeating the question every time.

27 *Je suis la bonne. J'ai passé un après-midi très agréable . . .:* There is a certain similarity in style between the kind of foreign language text-books which first provoked Ionesco into writing *La Cantatrice Chauve* and the monologue with which the maid opens the next scene and introduces herself. There is no link between the scenes; at the end of Scene I we are prepared for the Smiths to leave the room to go to bed—instead the maid enters; there is actually no question of it being bedtime. The action of the play is as illogical or unexpected as the language.

The introduction of a servant called 'Mary', speaking in stiff, short sentences, has the effect of encouraging a purely fictitious English middle-class atmosphere in the play.

28 *. . . nullement nuancée:* See footnote, 'ce dialogue était dit et joué sur un ton et dans un style sincèrement tragiques'. There is a sharp contrast of presentation in this scene if the stage directions are carried out. The text continues to be illogical but the actors speak the dialogue perhaps as though they were acting 'straight' in a classical play. It emphasizes the tragedy of non-recognition between husband and wife.

29 *d'une demie après huit . . . un quart avant cinq . . .:* These constructions would not be possible in ordinary French.

31 *La pendule sonne 2–1:* The clock hands go rapidly backwards and the clock strikes two and then one in quick succession.

40 *On se disputait parce que mon mari disait que lorsqu'on entend sonner à la porte, il y a toujours quelqu'un . . .:* The whole of this passage is a questioning of the basic assumptions about the world in which we live, assumptions that effects must have causes and follow from them.

44 *le vicaire de Wakefield:* It seems doubtful whether this reference has anything to do with Goldsmith's work other than that the name is suitably and obviously English.

44 *ils les font éteindre par des vestales:* The vestal virgins were the maidens whose duty it was to tend the flame which burned in the Roman temples, not to put it out: like the hands of the clock going

PAGE

backwards, this is an example of the reverse of the expected action, which therefore seems absurd.

45 *Le Chien et le bœuf:* Although this sounds a plausible La Fontaine title, there is no fable of this name by La Fontaine. Ionesco calls it 'fable expérimentale'; it has no moral, no 'meaning'. It is like modern abstract art where the spectator has to provide his own interpretation of the picture. Compare the next two speeches: 'Quelle est la morale?' 'C'est à vous de la trouver.'

46 *A la mode de Caen:* 'Les tripes à mode de Caen' is a famous French way of cooking tripe. 'A la mode de Caen' would immediately evoke 'les tripes'. Compare in English 'Yorkshire'—'pudding', 'Bath'—'bun'.

47 *qui lui dit merci:* Note the number of times 'lui' occurs here. Mme Smith's speech recalls the exercises in the use of personal pronouns which many students of a foreign language have done *ad nauseam.*

48 *C'était pas la même:* Most readers will be familiar with this construction, the elimination of the first part of the negative in conversational French.

48 *son chemin dans la vie...:* Mme Smith caps this with 'Son chemin de fer' which M. Martin chooses to interpret as the gambling game (is this an allusion to life being a gamble?) called 'chemin de fer' or 'baccarat'. In this game the players stake money and bet that their hand of cards will total nine. The association of ideas is thus continued in the text when the fireman says: 'Et avait épousé une marchande de *neuf* saisons' instead of the usual 'quatre saisons'.

52 *Les polycandres brillaient dans les bois*
Une pierre prit feu
Le château prit feu . . .:

At the beginning Mary's poem has some affinity with the poem 'Jabberwocky' which Alice reads in Lewis Carroll's *Through the Looking Glass* and which she later asks Humpty Dumpty to interpret for her.

> ''Twas brillig and the slithy toves
> Did gyre and gimble in the wabe.'

But Lewis Carroll achieves the absurd by using nonsense words.

PAGE

Ionesco, until the last scene of the play, produces nonsense by putting absurd statements side by side, or quite simply by incantation, like children marching round chanting nonsense.

53 *nous avons passé un vrai quart d'heure cartésien:* Descartes (1596–1650), the French philosopher, was the founder of modern deductive logic. From his name the adjective 'cartesian' is derived, e.g. cartesian geometry. That the illogicality of Ionesco's dialogue should be said to have given rise to a 'cartesian quarter of an hour' is in itself absurd.

53 *A propos, et la Cantatrice chauve?:* 'What about the bald prima donna?' Note that this is the only reference to the personage of the title of the play. She is referred to by the fireman as an afterthought on his way out. All we know about her is that she still has the same hair-style. She takes no part in the action. She is irrelevant and she emphasizes the randomness of people, things and events.

It is related that during rehearsals an actor confused 'institutrice blonde' with 'cantatrice chauve'. Ionesco, who was present and who had already changed the title of the play several times, shouted: 'Voilà le titre de la pièce!'

53 *Je peux acheter un couteau de poche pour mon frère:* In this final scene Ionesco makes fun of the language text-books as he did in Scene I. In Scene I the simple reading passage is being mocked. In Scene XI there are echoes of exercises and sentences for translation as well as 'Conversational English'—or French, or any other elementary foreign language.

53 *Celui qui vend aujourd'hui un bœuf, demain aura un œuf:* This mock proverb and several subsequent speeches remind the reader of the surrealists who used to amuse themselves by making up absurd proverbs and sending them to each other, e.g. 'Il faut battre sa mère tant qu'elle est jeune', or 'Tuer deux pavés d'un même ours'. (From: *Le théâtre d'Eugène Ionesco ou les 36 recettes du comique.* Combat, 17 février 1955.)

55 *On sent qu'il y a un certain énervement:* The tension is mounting. During the first part of the scene the characters have been intoning whole sentences, however irrelevant: 'Down with polishing!' is the cry which inaugurates the revolution; this is the breaking point. Thenceforward the language begins to break down more and

PAGE

more, first into words linked by alliteration and finally into syllables and letters of the alphabet.

55 *Kakatoes:* Alliteration gives a pattern to the incantation which follows. Note that the alliterative 'kaka' sounds lead to 'quelle cacade' and to the other vulgar words ending in 'tu nous encaques'—the emotions of the characters are roused to a high degree and their language becomes correspondingly uninhibited.

56 *Les cacaoyers des cacaoyères:* An invented tongue twister of the order of 'Peter Piper picked a peck of pickled peppers . . .'

56 *N'y touchez pas, elle est brisée*: After the poem 'Le Vase Brisé' by Sully Prudhomme: 'N'y touchez pas, il est brisé'.

56 *Sully:* minister of Henri IV of France; famous as a financial administrator.

56 *Prudhomme:* Sully Prudhomme, nineteenth-century French poet. In the kind of associative word game Ionesco is playing here, 'Sully' is bound to be capped by 'Prudhomme' just as Sherlock would have to be followed by 'Holmes'. See note above, 'N'y touchez pas . . .'

56 *François Coppée:* Nineteenth-century French poet and dramatist.

57 *Krishnamourti:* Or 'Krishnamurti', an Indian writer and teacher; when a young man, the protégé of Mrs Annie Besant, the theosophist. He asserts that 'the kingdom of heaven is within yourself'.

57 *Bazar, Balzac, Bazaine!:* An apparently fortuitous sequence of alliterative words, referring to a market, a very prolific French novelist and an unsuccessful and disgraced field-marshal of the Franco-Prussian war!

57 *c'est par ici!:* N.B. the footnote. The play appeared to end at a furious pace with the characters shouting like small children playing trains and chanting in rhythm. Then the play begins again with the rôles reversed. Tension is reduced and the arbitrary nature of the play is underlined—it does not matter who is who.

LA LEÇON

Dans 'La Leçon' . . . il n'y a pas une histoire, mais il y a tout de même une progression. J'essaie d'arriver à la réalisation d'une progression par une sorte de densification des états d'âme, d'un sentiment, d'une situation, d'une angoisse. Le texte n'est qu'un prétexte pour un jeu des comédiens, en partant du comique pour arriver à une exaltation progressive. Et le texte n'est qu'un appui, qu'un prétexte pour cette intensification.[1]

PAGE

59 *La Leçon—Drame Comique:* Note how the comedy develops into high drama and finally into tragedy.

65 *au premier concours de doctorat:* This examination does not exist.

65 *j'ai mon bachot sciences, et mon bachot lettres:* 'Le baccalauréat', currently called 'bachot', is the matriculation examination which qualifies a student to enter a university. The student either takes 'philosophie' or 'mathématiques élèmentaires' or 'sciences expérimentales'.

66 *doctorat total:* Non-existent examination.

68 *Revenons à nos moutons:* 'Let us get back to the subject in hand.' Phrase used when the conversation has strayed from its original topic. Actually derived from a fifteenth-century farce, *La Farce de Maistre Pierre Pathelin*; unusual to qualify 'moutons' with an adjective (*arithmétiques*).

69 *bis . . . ter . . . quater:* 'again' (or 'for the second time') . . . 'for the third time' . . . 'for the fourth time'. *Bis* has two other meanings: (1) as a house number, e.g. 'No. 4 bis' means '4A', (2) in the theatre, when the audience shouts 'bis', it means 'encore'.

74 *Parce que:* 'Parce que' used on its own as an answer to a question, without completing the clause, is rather rude. It means 'That's the way it is—take it or leave it.'

75 *l'École polytechnique:* The military academy or college of science and engineering, one of the 'grandes écoles', with the highest intellectual standards in France.

75 *la maternelle supérieure:* This grade of school does not exist. The phrase sounds comic—'Infants High School'. 'L'École maternelle' is correct—'Infants School'.

76 *le doctorat partiel*: Like 'le doctorat total' on page 66, this does not exist.

[1] Ionesco in *L'Express*, Entretien, 28 January 1960, pp. 36–7.

PAGE

77 *le sarde ou sardanapale:* 'Sardanapale' can scarcely be a language. It is the name of the legendary last Assyrian king, but it sounds well in conjunction with 'sarde' (Sardinian). Incidentally, Byron wrote a tragedy entitled 'Sardanapalus' in 1821, and Delacroix painted a picture of the death of the king.

78 *à moins que ce ne soit plus du tout. Qui pourrait le dire?:* Note this and subsequent veiled threats by the master concerning the fate of the pupil. In his next speech he refers specifically to her death: 'Souvenez-vous-en jusqu'à l'heure de votre mort...' He is also becoming more and more masterful: 'N'étalez donc pas votre savoir.' His bullying manner is indicated by the commands he barks out: 'Taisez-vous. Restez assise, n'interrompez pas.'

84 *En sardanapali:* The mythical language now ends in 'i', not 'e'.

86 *pour le mot Italie, en français nous avons le mot France qui en est la traduction exacte. Ma patrie est la France:* This and the subsequent speech on 'la capitale' have a kind of zany inner logic about them. Compare Lewis Carroll's *Through the Looking Glass*, e.g. the passage in Chapter VII, 'The Lion and the Unicorn':

> 'Who did you pass on the road?' the king went on, holding out his hand to the Messenger for some more hay.
>
> 'Nobody,' said the Messenger.
>
> 'Quite right,' said the King: 'this young lady saw him too. So of course Nobody walks slower than you.'
>
> 'I do my best,' the Messenger said in a sullen tone. 'I'm sure nobody walks much faster than I do!'
>
> 'He can't do that,' said the king, 'or else he'd have been here first....'

87 *Le professeur lui prend le poignet, le tord:* Note the ascendancy of master over pupil and the indication, in the stage directions, of physical violence.

87 *mignonne:* This can be a highly insulting word in modern French. Here the professor's use of it is ambiguous. See also page 90.

91 *Elle . . . s'affale en une attitude impudique:* It should not be assumed from this stage direction that the whole of the drama is simply a story about the dominance of the male over the female. There are other forms of dominance displayed, that of master over pupil, ruler over the governed, dictator over slave. There are also other

PAGE

symbolic relationships, e.g. that of the master to his symbolic mother-figure, the maid.

92 *Ma chère Marie, venez donc! . . . Non... ne venez pas... je n'ai pas besoin de vous:* The master is worried about the effect his action will have on the maid, the mother-figure who dominates him. He wants to be free from her and attacks her with a knife. Yet he depends on her help.

92 *Ce n'est pas ma faute! Elle ne voulait pas apprendre!:* This is the classic excuse of all those in authority.

93 *La bonne gifle . . . le Professeur:* The bully is easily turned into a snivelling coward by the exercise of force upon his own person by superior physical force.

94 *vous-même vous êtes un peu curé à vos heures:* 'You are a bit of a priest yourself on occasion.' The master even assumes the authoritarian rôle of the clergyman at times.

94 *D'ailleurs, les gens ne demanderont rien, ils sont habitués:* Read this remark in conjunction with the next stage direction, *elle sort un brassard portant un insigne, peut-être la Svastica nazie.* Note its connection with people living in a fascist state who ignore the atrocities committed by the régime.

95 *Entrez donc, entrez, Mademoiselle!:* The whole business begins all over again.

LES CHAISES

Le monde m'apparaît à certains moments comme vidé de signification, la réalité: irréelle. C'est ce sentiment d'irréalité, la recherche d'une réalité essentielle, oubliée, innomée — hors de laquelle je ne me sens pas être — que j'ai voulu exprimer à travers mes personnages qui errent dans l'incohérent, n'ayant rien en propre en dehors de leurs angoisses, leurs remords, leurs échecs, la vacuité de leur vie. Des êtres noyés dans l'absence de sens ne peuvent être que grotesques, leur souffrance ne peut être que dérisoirement tragique.

Le monde m'étant incompréhensible, j'attends que l'on m'explique . . .[1]

[1] *Notes et Contre-notes*. Troisième Partie: Mes Pièces. 'Les Chaises'. Texte pour le programme du Théâtre du Nouveau Lancry, p. 165.

PAGE

99 *Décor:* The plan and description of the stage with its numerous doors at the back of the semi-circular set will be particularly useful to readers of the latter part of the play.

99 *Tu sais ce qui est arrivé à François Ier:* No genuine historical reference seems to be made here; it is probably Ionesco's invention.

100 *Sémiramis:* The name of a legendary Assyrian princess from whom Sardanapalus (see note to p. 77) was descended.

100 *puisque je suis concierge:* The English playwright, Harold Pinter, has also used the symbolism of the caretaker in his play of that name. The caretaker is one who is on sufferance in his relationship with others while he is all the time trying to establish his own identity.

101 *Stan Laurel:* One of a partnership of film comedians in the 1930s' and 1940's called Laurel and Hardy.

102 *On claquait des oreilles:* An extension of language: 'claquer des dents' is the normal expression.

103 *Dans le trou, tout ceci hélas... dans le grand trou tout noir...:* The old couple's youthful ambitions have disappeared into oblivion, been swallowed up in the black depths.

103 *Peut-être as-tu brisé ta vocation?:* Note that the logic of the subsequent conversation depends upon words which denote breaking, destruction, loss, e.g. 'Je l'ai cassée', 'tu me fends le cœur', 'je me sens tout brisé', 'elle s'est cassée'.

105 *tu as un message:* The old man has a message to hand on to others. There is still the message to be salvaged from the wreck of his life, a justification for his having lived.

105 *le mot qui porte chance:* 'le mot de Cambronne'—insulting word attributed to General Cambronne at the battle of Waterloo.

106 *il riait comme un veau:* 'pleurer comme un veau' (to blubber) is the normal idiom. But cf. Rabelais, *Gargantua et Pantagruel*: 'Pouvre Pantagruel, tu as perdu ta bonne mère . . .' 'Et ce disant, pleuroit comme une vache. Mais tout soubdain rioit comme un veau, quand Pantagruel luy venoit en mémoire . . .'

106 *C'était au bout du bout du jardin*, The old man's dream of the past and of his youth is constantly recurring. It is archetypal, the garden of Eden, paradise, where all is innocence.

107 *C'est en parlant qu'on trouve les idées, les mots, et puis nous, dans nos*

PAGE

propres mots, la ville aussi . . .: The old woman seems to be one for whom the word comes first and gives reality to the thing (a nominalist).

110 *la vie:* 'The cost of living.'

112 *Je vous demande un petit moment:* 'Please excuse me just for a moment.'

112 *mon Colonel:* When addressing an officer without giving his surname the form is often 'mon Colonel', 'mon Général'.

114 *ne vous laissez pas faire:* 'Don't let yourself be done down.'

117 *Où sont les neiges d'antan?:* From 'Ballade des dames du temps jadis' by François Villon, the fifteenth-century poet.

118 *Ce n'est plus de mon âge:* 'I'm too old for that sort of thing.' This remark of the old woman comes after a piece of mime revealing a suppressed sexuality. Hitherto in the play she has been shocked at the attitude of the colonel towards the lady and has seemed strait-laced. In this mime something in her nature is momentarily revealed.

118 *Voulez-vous être mon Yseult et moi votre Tristan?:* Tristan and Yseult, the archetypal romantic lovers, are known from the epics of the twelfth century and more recently from Wagner's opera.

118 *Pour préparer des crêpes de Chine?:* A play on words; 'les crêpes' = pancakes, but 'crêpe de Chine' is a kind of silk material.

119 *Une arrière . . . maman:* 'Arrière grand'-mère' is 'great-grandmother'. The old woman is thus describing her relationship to her husband in words and at the same time the stage directions indicate that she is physically pushing the guest back; the mime underlines the symbolism.

119 *Je ne veux pas cueillir les roses de la vie:* The old woman has rejected life. Her remark is a reference to the sonnet by Ronsard beginning

'Quand vous serez bien vieille . . .',

the last line of which runs:

'Cueillez dès aujourd'hui les roses de la vie.'

119 *Peut-être ne le fallait-il pas:* 'Perhaps it was not to be.'

120 *je sais, les fils, toujours . . . tuent plus ou moins leur père:* The 'Oedipus complex', Freud's theory that the male child is jealous of its father and wants to destroy him.

121 *Dans le fond, c'est bien ça:* 'Fundamentally, that's what it amounts to.'

122 *la salle:* Here 'the auditorium'.

PAGE

123 *téléphonez à Maillot:* The telephone exchange Maillot in Paris—'Porte de Maillot' near the Bois de Boulogne.

125 *ben:* Conversational form of 'bien', as in 'Eh ben' = 'Eh bien', meaning 'well . . .'

126 *Puis, un long moment, plus de paroles . . . :* The silence of the old couple makes the sound of the waves, the boats and the bells more impressive and more terrifying.

126 *Le mouvement est à son point culminant d'intensité:* Material things seem overpowering.

127 *Puisque je vous dis:* Emphatic colloquial construction, 'I'm telling you!'

127 *...mandez gramme:* The old woman is either in such haste that she is shortening the words 'demandez le programme' or she is stressing parts of them.

134 *A la troisième personne!:* 'Use the third person.'

140 *électrocutiens:* An invented noun.

140 *mais avec de tels restes on peut encore faire de la bonne soupe:* 'Something good may still come of it.'

141 *à la normandillette:* Invented word to pair with 'rillette' (potted meat) and to refer to a province, Normandy, thus linking with the next sentence, 'parle du Berry'.

141 *parle du Berry:* Le Berry, a province of France.

141 *après de longues années de labeur . . . le progrès de l'humanité . . . les soldats de la juste cause . . . le sacrifice suprême . . . :* Note the use of clichés and the resulting bathos: 'que personne ne nous demande'.

141 *Au moins, nous aurons notre rue:* 'At least we shall have a street named after us'—bathos again.

Bibliography

WORKS BY IONESCO

Eugène Ionesco: *Théâtre*, Gallimard 1954.
I. *La Cantatrice Chauve—La Leçon—Jacques ou la Soumission—Les Chaises—Victimes du Devoir—Amédée ou comment s'en débarrasser.*
II. *L'Impromptu de l'Alma—Tueur sans Gages—Le Nouveau Locataire—L'Avenir est dans les œufs—Le Maître—La Jeune Fille à marier.*
III. *Rhinocéros—Le Piéton de l'Air—Délire à deux—Le Tableau—Scène à quatre—Les Salutations—La Colère.*

Le Roi se meurt—Collection Le Manteau d'Arlequin, Gallimard 1963.

Notes et Contre-notes (Pratique du Théâtre), Gallimard 1962.

La Photo du Colonel—Récits, Gallimard 1962.

WORKS ON IONESCO

Richard N. Coe, *Ionesco*, Oliver & Boyd (Writers and Critics Series) 1961.

Philippe Sénart, *Ionesco*, Editions Universitaires (Series: Classiques du XXe Siècle) 1964.

GENERAL CRITICISM

Martin Esslin, *The Theatre of the Absurd*, Eyre & Spottiswoode 1962.

L. C. Pronko, *Avant-Garde: the experimental theater in France*, Univ. of California 1962, Cambridge University Press 1963.

ARTICLES IN ENGLISH

Eugène Ionesco, 'The Writer and his problems', *Encounter*, September 1964. Vol. XXIII, No. 3.

Eugène Ionesco and Carl Wildman, 'Eugène Ionesco on the theatre'—an interview, *The Listener*, 24 December 1964. Vol. LXXII, No. 1865.

Vocabulary

abîmer: to spoil
abrutir: to stupefy
accaparer: to monopolize, corner
accoucher: to give birth
accrocher: to hang up
acharné: desperate, keen, implacable
s'affaler: to slide down, fall into
agoniser: to be on the point of dying
s'agripper à: to grab hold of, cling to
l'ail (m): garlic
l'aliéné (m): lunatic, mental patient
l'aliéniste (m): mental specialist, psychiatrist
allaiter: to suckle
alourdi: heavy
s'amorcer—la conversation s'amorce difficilement: it is hard to get the conversation going
l'anis étoilé (m): Chinese aniseed (sometimes used to cure flatulence)
l'antan (m): last year, yester-year
l'apache (m): hooligan, play-boy
l'aphasie (f): loss of speech
l'apothéose (f): consummation, transformation, deification, apotheosis
l'appui (m): support
l'archétype (m): fundamental principle, universal symbol
archiplein: overfull
l'artifice (m) *—les artifices:* flares, smoke signals; *le feu d'artifice:* firework
assourdir: to subdue, muffle
l'atout (m): trump card
l'auréole (f): halo, glory
averti—non averti: uninformed
avoir de la facilité: to be quick, do things easily
avoir belle allure: to have a good carriage, bearing
avoir des bouffées: to belch, suffer from wind
avoir des nausées: to feel sick
n'avoir que faire de . . .: not to want, not to be interested in
en avoir une couche: to be silly; *T'en as une couche:* You're a silly fool

la babouche: oriental heelless slipper
la barbiche: goatee, little pointed beard
le bassin: pelvis
le battant: swing door
bégayer: to stammer
bercer: to rock, lull to sleep
le bienvenu—soyez le bienvenu: you are very welcome
le bisaïeul: great-grandfather
la bizarrerie: oddity
boitiller: to limp, hobble a little
bon marché: cheap
boudeur- (se): sulky, sullen
la bouillie: pap, mushy food, bread and milk
bousculer: to jostle

le brassard: arm-band
bredouiller: to stammer
bref: in short, well . . .
la bricole: little odd job
briser sa vocation: to wreck one's career, destroy one's talents
la brouette: wheelbarrow
broyer: to crush, grind
la brûlure d'estomac: stomach ache

ça y est: (here) 'I've got it'
le cabinet—aller aux cabinets: to go to the lavatory
le cabotin: third-rate actor
la cacade: (vulgar) mess
la cacahuette: peanut
le cacaoyer: cacao tree from whose fruit cocoa and chocolate are made
la cacaoyère: cacao plantation
la cagna: hut, dug-out
le caïman: alligator, especially the S. American
la calotte: skull-cap
le carreau: window-pane
la cartouche: cartridge
le casanier: stay-at-home
casé: infirm, tottery
le cercueil: coffin
chanceler: to stagger, totter
charger: (here) to exaggerate, overdo
charger quelqu'un d'un cours: to appoint someone to lecture
le chasse-mouche: fly-swat
chatouiller: to tickle
le chaudronnier: boiler-maker
le chef-lieu: chief town of a Department
le chemin de fer: baccarat, gambling game, railway
chétif: stunted, weakly
chevroter: to speak in a tremulous voice, quaver
la chirurgie esthétique: plastic surgery
mon chou: my dear (generally used for children)
choyer: to pamper, spoil
chuinter: to pronounce with a 'sh' sound
le cirage: polishing; *à bas le cirage:* down with polishing
le clairon: clarion call
claquer: to slam, chatter
le clin d'œil: wink
clopin-clopant: hobbling about
cocardard: this word is an invention; a cross between *la cocarde* (a cocade, rosette) and *cocarder*?
cocarder: to get tipsy
cocasse: comical, droll
le coccus: coccus, minute organism, bacterium
le coccyx: coccyx, small bone at the bottom of the spine of humans and some apes
la cohue: mob
coincer: to squeeze, wedge, jam
le coing: quince
le comble: height, zenith
le commis-voyageur: commercial traveller
la concurrence: competition
la conférence: lecture
le conférencier: lecturer
confondre: to muddle up
les consonnes occulusives: the consonants k, p, t
constater: to ascertain, note beyond doubt
la conversation à bâtons rompus: conversation in fits and starts

convoquer: to invite, convene
le coquin: rogue, scamp
le corbeau: crow
le correcteur: proof-reader
la coulisse: wing (in the theatre); *en coulisse:* off-stage
le coup d'épingle: pinprick
courant: usual
courber: to bend
la couronne: wreath
le courtisan: courtier
le cousin germain: first cousin
le crâne: skull
le crâneur: windbag, blusterer
crever (les yeux): to put out
criard: shrill
la crotte: dirt, dung; *ma crotte* (vulgar expletive)
croupir: to stagnate
la cuisse: thigh
le cul: backside

daigner: to condescend, be so kind as to
débordé: overwhelmed
déceler: to discover, reveal
décommander: to call off
déduire: to work out
la défaillance—sans défaillance: without fail
en définitive: after all, in a word, in point of fact
dégagé: free, confident
dégager le passage: to leave the gangway clear
la démesure: excess
(*en*) *démordre:* to give way, yield an inch (of)
dépouillé: bare
déraper: to skid
désemparé: at a loss
la désinence: inflexion, ending
la détente: relaxation of tension
devoir—comme il se doit: as is right and proper
discret- (*ète*)—*la demeure discrète:* humble abode
disputer: to quarrel, wrangle, argue
se donner du mal: to take trouble
donner un coup de main: to lend a helping hand
de dos: back to (the audience)
le dossier: back (of a seat)
doué: gifted, talented
le drôle: comic, funny man

l'eau-de-vie (f): brandy
l'ébéniste (m): cabinet-maker
éblouissant: dazzling, fascinating
s'écarter: to make way, stand aside
l'écran (m): screen
s'écrouler: to collapse, perish
édicter: to decree
effleurer: to touch lightly, skim the surface
s'effondrer: to collapse in ruins
effronté: impudent
s'égarer: to get lost, stray
l'électrocutien: an invented word
embêter: to make someone fed up, annoy, bore
emboucher quelqu'un: to put words into someone's mouth (rare meaning)
s'embrouiller: to get confused, muddled
s'emmerder (vulgar): to be fed up
s'empêtrer: to become involved, embarrassed, get tied up, hampered
l'empirisme (m): empiricism, relying on observation and experiment

emprunté—un air emprunté: an embarrassed look, self-conscious manner
ému: touched, moved with emotion
encadrer: to border, frame
encaquer: to cram in, pack into a barrel
l'encaqueur (m): herring-packer
enchaîner: to link up, carry on conversation from where it has broken off
l'énervement (m): nervous strain, tension
s'énerver: to get worked up, upset oneself
faire un enfant à qu.: to get someone with child
s'enfoncer: to founder, bury oneself
l'engelure (f): chilblain
s'enliser: to sink, (here) peter out
s'entendre avec: to agree with, get on with
l'entrain (m): spirit, go
l'envol (m): flight, take-off
envouté: spell-bound
éperdument: distractedly, madly, desperately
s'épousseter: to dust oneself down
l'épuisement (m): exhaustion
l'escabeau (m): stool
l'escarmoucheur (m): bickerer, skirmisher
esquisser: to sketch, outline
essouflé: panting, breathless
l'estrade (f): stage, platform
étaler: to display, show off
éteint—d'une voix éteinte: in a muffled voice, scarcely audible
étouffer: to suffocate
être en mission de service: to be on duty
l'éventail (m): fan
expérimenter: to experience, make an experiment
extasié: enraptured, overflowing with enthusiasm

faire dodo: to go to sleep, go byebyes
faire du joli: make a pretty mess
la faire—on ne me la fait pas: I am not to be had; *faut pas me la faire:* don't try it on
faire le chien: to act, pretend to be a dog
ne pas s'en faire: not to upset oneself; *ne t'en fais pas:* don't worry
se faire pincer: to get found out
faire semblant: to pretend
au fait: as a matter of fact
fameux—ce n'est pas fameux: it isn't up to much
farcir: to stuff
le fardeau: burden
le fatras: jumble, rubbish
se faufiler: to pick one's way, squeeze oneself
le fayot: white bean
fendre le cœur: to break one's heart
le feutre: felt hat
s'en ficher: not to care, not give a rap
fictoire: this word does not exist; conflation of 'victoire' and 'fiction'?
se figer: to stiffen
figé: rigid
fluet: thin, piping (voice)
à la fois: at one and the same time
le fonctionnaire: civil servant
fort—c'est assez fort: that's rather

clever; *c'est trop fort:* that's too bad, that's going too far
le fossé: ditch
le fracas: noise, din, crash
fracasser: to shatter, break to pieces, crack
le frère de lait: foster brother
friper: to crumple, crease
le frisson: shudder, shiver

la gale: itch
le galon: sign of military rank, stripe, pip
garde à vous!: attention! beware!
gâteux (-se): idiotic
le gémissement: moaning
gifler: to slap, box someone's ears
glauque: dull greyish-green or blue
le glouglouteur: gobbler, gurgler
le gosse: kid, small boy
le gouffre: abyss, pit
la gourmandise: greediness, gluttony
grasseyer: to roll one's 'r's
griffer: to claw, scratch
la grille: iron gate
grossier: vulgar
le guêpier: wasps' nest
le guerrier: warrior

la hanche: hip
à vos heures: on occasions, when you feel like it
heurter: to collide with
en voilà une histoire: that's a fine fix, a fine how-do-you-do
l'humeur (f)—*avec humeur:* testily, peevishly

l'imprimeur (m): printer
impudique: immodest, unchaste
impuissant: helpless
inconvenant: improperly, unseemly
indicible: unutterable
une indigène: native girl
indiscutable: incontestable, indisputable
ineffable: inexpressible
l'insigne (m): badge, device
intérieur: inner
l'intérieur (m): inside, home

jamais—au grand jamais: never, never; to all eternity
la jupe: skirt
le jupon: petticoat

le kakatoès: cockatoo, parakeet

la lavallière: cravat loosely tied
s'en lécher les babines: to smack one's lips
léguer: to bequeath
la ligne—la ligne morte: the line (family) that has died out
le lorgnon: pince-nez
louer: to praise
lubrique: lewd, lascivious
la luette: uvula
lutter: to struggle, fight

magistral: first-class, tip-top
la mairie: town hall, (here) registry office
majeur: of age, adult
maladif: sickly, ailing
manquer—il ne leur manquait plus que cela: that would have been the last straw
le maréchal des logis: sergeant-major (cavalry)
le marmot: little chap
la mécanique: machine
se méfier de: to beware of, mistrust
le mégot: cigarette end, fag end

la mélopée: recitative, chant
Merde alors!: (vulgar) Blast you!
le métier—l'orateur de métier: professional orator
le metteur en scène: producer
mettons: let's say
mettre au point: to complete to the last detail
s'en mettre plein la lampe: to knock back (a few drinks), have a good blow out
le mignon: pet; *tu es mignon comme tout:* you really are a pet
mignonne (f): my pet
le milliard: one thousand million
minauder: to mince, simper
monophysite: monophysitic, heretical (heresy of the Coptic Church, for example, saying that the human and divine in Christ are one)
moucher: to wipe, blow the nose
le mufle: silly idiot
le muguet: lily of the valley

néfaste: evil
Nom d'un caniche à barbe!: Damn and blast!

l'orteil (m): toe
l'ouvreuse (f): programme seller

le palais: palate, roof of mouth, palace
la papillote: sweet, bonbon
le paratonnerre: lightning conductor
le partage: share
passionner: to interest deeply, profoundly
pâteux: thick (of the voice)
la pelote: Basque ball game like tennis (not a language)
le pépin: kernel, pip
pérorer: to hold forth
le petit-cousin: second cousin
le phonème: phoneme, class of sounds all of which are similar
le photograveur: photo-engraver
pilé—le verre pilé: ground glass
sur place: without moving, on the same spot
le plateau: floor of the stage
pleurnicher: to snivel
le poireau: leek
le polytechnicien: student at the École Polytechnique or Military Academy
les pommes de terre au lard: potatoes fried in bacon fat
les pompes funèbres (f.pl.): undertakers
le postier: Post-office employee
potelé: plump, chubby
le poumon: lung
pourrir: to make rotten, putrify
s'y prendre—je saurai m'y prendre: I shall know how to set about it
la prime à la production: production bonus
la puce: flea
la pudeur: modesty
la putain: prostitute, whore

le quartier-maître: leading seaman

le râle: rattle in the throat
la rangée: row (of seats)
rapporter: to bring in a return, pay
le recours: refuge
à reculons: backwards
le rédacteur: editor
se refouler (not usually reflexive): to hold back, keep oneself in check
le remue-ménage: stir, bustle, general post

le rendement: return
le renfoncement: recess
renifler: to sniff, snivel
repasser: to iron, press
réprimer: to suppress, check
la révérance: bow, curtsey
revêtir: to assume, take on
les rillettes (f.pl): cold meat 'shape' similar to a pâté
rire aux éclats: to burst out laughing
ronchonner: to grumble
rougeaude: red-faced, ruddy
la roulette: castor, roller skate
le roussi: burning
la rubrique de l'état civil: births, deaths and marriages column

saccadé: jerky
la sage-femme: midwife
sainte nitouche: little hypocrite
le salaud: filthy beast, swine
la salope: trollop, slut
le sang—bon sang: my word!
sangloter: to sob
le sarde: Sardinian
le scaramouche: braggart
la science: knowledge
la secousse: shock, jolt, set-back
séduit: fascinated
le sein: breast
selon—c'est selon: it all depends
le serpentin: paper streamer
la serviette: brief-case
soigner: to look after, care for
le soubresaut: sudden start, shudder
la soupape: valve
sournoisement: cunningly, slyly
spirituel: wittily
suffisant: conceited

la taille: stature
le tailleur: suit
tenir à cœur (generally *au cœur*): to hold something dear; *tout ce qui nous tient à cœur:* all that we hold dear
têtu: obstinate
timbré—bien timbré: sonorous
le toussotement: little cough
toussoter: to cough affectedly, hem
traîner—une voix traînante: a drawling voice
trembloter: to quiver, shiver
le trépignement: stamping of feet
le tricot: woolly, pullover
la trompe: trunk
tromper: to deceive, be unfaithful

l'unité (f): unit

la vareuse: artist's tunic or jacket
velu: hairy, shaggy
le ventre: belly, stomach
le vertige: giddiness
la vestale: vestal virgin, nun
la vilaine: naughty girl
viser: to keep one's eye on something, aim at
le vitrier: glazier
volontaire: headstrong
la volonté: will-power
voltiger: to flutter about
voyant—un peu trop voyant: showy, show off

le water (*les water*): water-closet, lavatory

le yaourt: yoghurt, fermented milk which forms curds

Zut alors: (slang) It's no go